風雲時代

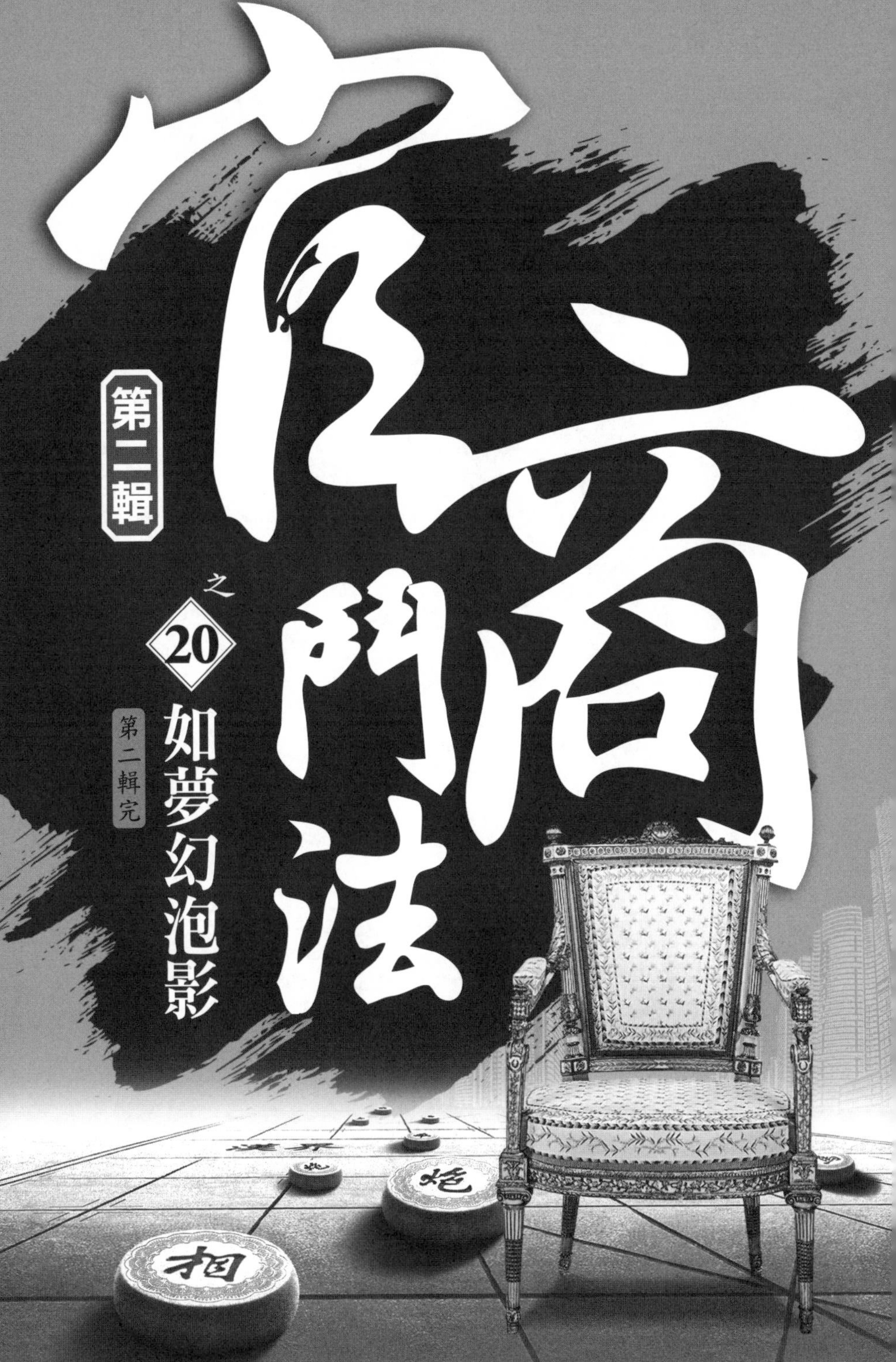
官商鬥法
第二輯
之20
如夢幻泡影
第二輯完
相
炮

目錄 CONTENTS

第一章

罪魁禍首

聽到案件獲得重大的突破，孫守義卻沒有特別欣喜，
這是可以給鄧子峰一個交代了，但是孟森和束濤他也算是得罪了。
但是孫守義還是得裝個樣子出來，就說：
「姜局長，幹得好，繼續查下去，確保把罪魁禍首給抓到。」

姜非回到公安局後，就把褚音吸毒致死的卷宗調了出來，從頭到尾認真地看了一遍，邊思索要如何尋找突破口。

當時一心想找出那個往褚音母親房間裏塞信的密告者，卻一直沒找到，這條線索就等於斷了。再來就是濱港醫院的院長蓋甫和城區刑警大隊的大隊長陸離了。

孫守義說的很有道理，既然確定褚音的死有問題，那麼蓋甫和陸離就是掩蓋問題的兩個關鍵人物，沒有他們的掩護和參與，褚音的屍體不會那麼倉促的被火化，一些有力的物證就不會消失無痕，案子也許早就水落石出了。

可是如何從蓋甫和陸離身上打開缺口呢？想來想去，姜非把視線放在了蓋甫身上。對陸離，他不抱什麼希望，陸離是老刑警，有很強的反偵察能力，如果有心欺瞞，他是很難下手的。

姜非對蓋甫仍有印象，當初傳訊蓋甫時，蓋甫帶著病歷做了充分的準備面對偵訊，對一切詢問對答如流，讓姜非找不到任何破綻。現在時間過了這麼久了，蓋甫應該早已卸下心防了，如果這時候給他來個突襲，會不會打亂他的陣腳。從他那裏問出點什麼來呢？

對！說幹就幹！姜非就叫了一名刑警跟他直接去了濱港醫院。在院長室找到了蓋甫。蓋甫正跟一名醫務人員在談論院務，看到一身警服的姜非走來，心裏就咯登了一下。

蓋甫一直是有心病的，當初他收了孟森的錢，僞造了搶救褚音的病歷，沒想到後來褚

音的母親把事情鬧到省長鄧子峰那裏去，搞得他也跟著被調查，幸好當時他夠機警，做了萬全的準備，才把事情給應付過去。

這件事已經過去了這麼久，本來蓋甫以爲沒事了，沒想到今天姜非再次找上門來，難道公安部門發現了什麼新的線索？蓋甫的心慌得蹦蹦直跳，表面上卻還得強作鎮靜的說：「姜局長啊，什麼風把您給吹來了？」

姜非發現蓋甫裝得很鎮靜，但是眼神中卻有一絲難以掩飾的慌亂，心中越發確信蓋甫有問題，就板著臉，威嚴的說：「蓋院長，我爲什麼來，我想你心裏應該很清楚，關於褚音吸毒致死一案，我想請你跟我們回去協助調查。」

蓋甫的心跳得越發急了，強笑著說：「姜局長，你們不是都調查過了嗎？我該說的都跟你們說了，我不知道你們還想調查什麼？」

姜非說：「案件現在發現了一些新的疑點，需要重新瞭解一下，跟我們走一趟吧！」

蓋甫臉上的笑容再也掛不住了，他不知道姜非是故意詐他的，以爲公安部門真的掌握了新的證據，發現了病歷是假造的。

這可怎麼辦？這事要趕緊跟孟森聯繫一下才行。蓋甫就說：「姜局長，你看我們醫院還一大堆事呢，我不能馬上就跟你過去。你看這樣行嗎？我明天再去局裡找您。」

姜非曉得蓋甫這是拖延戰術，想找人商量對策，他怎麼會上這個當，就搖搖頭說：

「不行，你現在必須馬上跟我去局裏把事情說清楚。我提醒你啊，如果你不配合的話，我們可以強制拘傳你到案的。到那時候，我可不會像現在這樣客氣了。」

看來是拖延不了了，蓋甫退而求其次地說：「那你等一下，我把工作安排一下，這總可以了吧？」

姜非點點頭說：「你安排吧，我在這兒等你。」

蓋甫看姜非盯著他，不好搞鬼，只好對幾個醫務人員交代了幾句工作上的事，姜非看他安排工作，就沒干涉他，走到一旁看著。

沒想到蓋甫趁他晃神的機會，抓起電話迅速的撥了一個號碼，姜非看到了，喊道：「喂，你打電話給誰啊？」

蓋甫解釋說：「我打電話給我老婆啊，姜局長要帶我走，我總要跟家人說一聲吧。」

蓋甫不是現行犯，只是協助調查，姜非不能對蓋甫採取什麼強制措施，就說：「那你快一點。」

蓋甫就對著話筒大聲說：「老婆，跟你說一聲啊，公安局的姜局長找我去協助調查案件，可能要晚點回家。就這樣吧。」說完就掛了電話。

姜非擔心他在電話上搞鬼，按了電話的回播鍵，確認的確是蓋甫的老婆，這才罷休。

蓋甫就乖乖地跟著姜非去了公安局。

姜非知道蓋甫心中還存著一絲僥倖，此刻馬上去詢問他，肯定得不到想要的答案，就把蓋甫送進一間詢問室，說：「你坐在這裏，好好把當初在楮音吸毒死亡一案中做過什麼想一想，我等一下再來問你。」就將蓋甫一個人扔在詢問室。

他是要給蓋甫一個錯覺，讓蓋甫以為公安局已經掌握了他的犯罪事實，因此才不急著詢問他。他把蓋甫晾在這裏，讓蓋甫心理產生慌張，自亂陣腳，然後才來詢問他。

此時，蓋甫的老婆找到了孟森，跟孟森講蓋甫被帶走的事，央求孟森趕緊設法把蓋甫救出來。

孟森聽了一愣，這事不是早就過去了，怎麼又被重新拿出來了呢？這個必須馬上查清楚才行。他安慰了一下蓋甫的老婆，答應說會儘快把蓋甫救出來，就讓她回去等消息。

打發走蓋甫老婆後，孟森就打電話給他在公安局的內線，問道：「你知不知道蓋甫被姜非帶走了？」

對方說：「我也是剛知道，正想給你打電話呢。」

孟森煩躁的說：「這究竟是怎麼一回事啊，怎麼沒完沒了了呢？」

對方說：「具體情形我也不清楚，局裏這兩天並沒有研究過這個案子。」

孟森叫說：「那是怎麼一回事啊？是姜非想要搞我？」

對方說：「姜非被孫守義叫去了一趟，回來就調了這個卷宗去看，緊接著就去醫院把蓋甫帶了回來。」

孟森聽了說：「你是說這件事是孫守義搞的鬼？」

對方猜測說：「應該是吧，要不然這都是死案了，姜非怎麼會平白無故的想要重新調查呢？」

孟森說：「我知道了。」

結束了跟內線的談話，孟森就打給束濤，說：「束董，你能不能幫我問一下孫市長，我最近是不是什麼地方得罪他了。」

束濤訝異地說：「怎麼了，孫市長對你做了什麼啦？」

孟森說：「我剛從朋友那裏得知，他讓姜非重啓了褚音的案子，還把濱港醫院的院長蓋甫給帶走了。這件事簡直成了我的噩夢，老是沒完沒了的。束董，你跟孫市長說，我孟森如果做了什麼錯事，讓他說一聲，我馬上就改。」

束濤安撫說：「你先別急，等我問問情況再說，行嗎？」

孟森說：「行，你趕緊問，晚了還不知道蓋甫會在裏面胡說八道什麼呢。」

束濤就趕緊打給孫守義，孫守義看束濤這個時間打電話來，知道他是來問褚音那個案子的，一定是姜非有了動作，驚嚇到了孟森，孟森讓束濤來打探情形。

孫守義接了電話，開門見山的說：「束董啊，你是爲了孟森那件案子打電話來的吧？」

束濤說：「是啊，孫市長，怎麼回事啊，那件案子過去這麼久了，怎麼又重新提起來了？孟森可是已經跟您遞了降書的，如果您對他有什麼不滿意，說出來他馬上就會改正的，不用這麼大費周章吧？」

孫守義苦笑說：「束董，你誤會了，我沒有要針對誰的意思。」

孫守義不方便講是鄧子峰搞出來的，又不想跟束濤對立，只好隱晦的說這件事不是他的意思，束濤是聰明人，應該會領悟到這裏面的含義的。

束濤遲疑了一下，說：「那……」

孫守義沒等束濤把話說下去，就打斷了他的話，說：「束董，我這邊在忙，回頭再聊吧。」就掛了電話。

束濤拿著電話想了一下，轉頭撥給孟森，說：「孟董，這件事恐怕麻煩了。」

孟森著急地說：「怎麼了，孫守義不肯罷手？」

束濤說：「不是孫守義的問題，他說沒有要針對誰，恐怕他是受到了什麼壓力才這麼做的。」

孟森不解地說：「受到壓力，什麼壓力啊？」

束濤分析說：「你想想吧，能給孫守義壓力的會是誰啊？如果真是那個人的話，恐怕這件事的最終目標也不是你了。」

孟森思索了一番，說：「他們想對付的是孟副省長？」

束濤說：「可能是吧，我想只有這樣，這件事才解釋得通。」

孟森說：「那我得去省裏一趟了。」

這邊蓋甫在詢問室一直待到天黑，姜非都沒再露面，隨著時間的推移，他越來越心慌，如墜深淵。他知道這裡面一定是有問題的，否則孟森又怎麼肯花大錢收買他呢！心裏後悔莫及，早知道就不該貪這個財了。

正在惶恐無計的時候，門開了，姜非帶著一名刑警走了進來，啪的一聲將卷宗扔在蓋甫面前，冷冷的問道：「蓋甫，你想清楚了沒有？」

蓋甫苦笑一聲說：「姜局長，你讓我想什麼啊？我知道的情況，上次都跟你講清楚了，你還想讓我說什麼啊？」

姜非說：「蓋甫，你到現在還心存僥倖啊，我跟你說，相關情況我們都已經掌握了，你以爲你不老實交代，我們就定不了你的罪嗎？」

蓋甫眼睛一閉，一副死豬不怕開水燙的樣子，說：「姜局長，我可知道一句話，坦白從寬，牢底坐穿；抗拒到底，回家過年。」

姜非笑了起來，說：「蓋甫，你這擺明了就是一副罪犯的口吻，看來你也很清楚自己逃不過法律的懲罰了吧。」

蓋甫嘴硬說：「我不過是那麼說罷了，你還真敢往我身上栽贓啊。」

姜非突然一拍桌子，叫道：「蓋甫，你是不是真的以爲我拿你沒轍啊？你想過沒有，在你們醫院可不是只有你一個人參與搶救過程。你在其中做了些什麼，是瞞不過醫院其他醫生的。」

蓋甫頓時面如土色，姜非這句話說中了要害，雖然當時褚音已經死了，但是搶救過程卻要裝得跟真的一樣，所以參與搶救的人，他用的都是親信。但是濱港醫院不是他的，也有不少反對他的人，肯定是有人把這件事捅給姜非，姜非才會這麼有把握的來質問他。

姜非看蓋甫的表情快到要崩潰邊緣，就笑笑說：「行啊，蓋甫，給你機會你不要是吧？無所謂，你不交代自己的罪行，不但不會妨礙定你的罪，反而會加重對你的刑罰。你可別怪我沒提醒你啊，我們已經確定褚音是被害死的，你如果不交代的話，這個殺人的罪名可就要按在你身上了。」

「別，我沒殺人！」蓋甫叫了起來：「我只是幫忙孟森掩蓋這件事罷了，那女人在我搶救之前就死了。」

聽到姜非說他殺人，蓋甫再也承受不了，殺人可是要判死刑的，他終於徹底崩潰了，承認了幫孟森掩蓋褚音真正死因的事實。

姜非心裏終於鬆了口氣，實際上他已經是黔驢技窮了，他用殺人的罪名只是想嚇唬一下蓋甫而已；如果蓋甫挺住，那他也沒招了。他詢問蓋甫有時間的限制，超過規定時間沒有問出真相，他就要老老實實地將蓋甫放了，還好蓋甫自己鬆口供認了。

姜非打開卷宗，說：「說吧，蓋甫，究竟是怎麼一回事。」

此刻，孟森正在孟副省長家中，跟孟副省長講海川市公安局重啓褚音案的事。

孟副省長眉頭皺了起來，說：「孫守義是鄧子峰的人，不用說，這件事的幕後指使人一定是鄧子峰了。」

孟森說：「是鄧省長要對付您？」

孟副省長點點頭說：「我在齊東市機場建設項目上發現了一些違法事實，得標的人跟鄧子峰關係非比尋常，所以鄧子峰想要反制我。這傢伙動作倒挺快的。」

孟森緊張了起來，難怪孫守義這麼積極，省長交辦的事他當然要認真處理。看來這件事要解決不是那麼容易。他看著孟副省長說：「那怎麼辦啊？」

孟副省長沒當回事的說：「小孟啊，你不要緊張，官場上這些鬥爭是難免的，這不是什麼解決不了的問題。鄧子峰也不是真的要拿我怎麼樣，他只是不想讓我在齊東機場項目

上講話而已。實在不行的話，我跟他妥協就是了。」

孟森這才放下心來，說：「如果是這樣的話，問題就不大了。不過，您動作可要快一點，這個蓋甫可不是什麼硬骨頭，如果在裏面待的時間長了，很可能會把事情全交代出來的。」

孟副省長笑笑說：「你別太緊張了，我心中有數的。」

就在這時，孟森的手機響了起來，他看了看號碼，正是那個內線打來的，他臉色一變，這個內線沒什麼重要的事是不會主動跟他連絡的。此刻正是蓋甫被帶走還沒放出來的時候，這個電話很可能是與蓋甫有關。

果然，電話一接通，對方就說：「孟董，大事不好，蓋甫全招了。」

孟森心往下沉，蓋甫一招供，等於是把他也交代了出去，下一步估計海川市公安局就要來抓他了，他急急問道：「你是說蓋甫全招了？」

對方說：「是啊，蓋甫被姜非詐了幾下，就說出你當初花錢收買他的經過。孟董，你要做好準備，蓋甫把你咬出來，下一步姜非就一定會找上你的。」

孟森忍不住罵了句：「這個王八蛋，真是不夠義氣，收了我那麼多錢還來害我。」

對方說：「你趕緊想辦法吧，我掛了。」

對方掛了電話，孟森看了看孟副省長，說：「省長，現在蓋甫已經招供了，公安局馬上就可能要來抓我了，您看這件事情要怎麼辦才好？」

孟副省長瞪了孟森一眼，斥責說：「你慌什麼，這不員警還沒找上門來呢。」

孟森怕孟副省長對他置之不理，就暗示地說：「省長，海川市公安局早就掌握了我送您往返齊州的錄影，只是他們不知道車裏坐的是您。以前他們沒有證據，不敢拿我怎麼樣，現在他們拿到蓋甫的證詞，我就必須要給他們一個說法的。」

孟副省長聽出孟森話中的威脅意味，就很不高興的說：「小孟啊，你也算是經過風浪的人了，怎麼這麼沉不住氣啊，你別講話了，讓我想想這件事要如何處理。」

孟森不敢言語了，看著孟副省長，孟副省長不耐煩的說：「你看著我幹什麼，我臉上有花啊？」

孟森看孟副省長情緒這麼煩躁，就清楚孟副省長其實也不是一點都不慌亂，他表面上的鎮靜只是裝出來的。

過了一會兒，孟副省長似乎想出了主意，問孟森說：「小孟啊，剛才通知你的那個人是幹什麼的？」

孟森說：「是我在海川市公安局裏的一個朋友。」

孟副省長說：「這個朋友靠得住嗎？」

孟森點點頭說：「這些年我餵了他不少的東西，就是想讓他在關鍵的時候能幫我一

把。」

孟副省長說：「現在就是關鍵的時候了，你能讓他幫你做件事情嗎？」

孟森說：「什麼事啊？」

孟副省長說：「我聽他的意思，他能接觸到那個院長，你想辦法讓他跟那個院長通個消息，告訴他，警方根本就沒掌握什麼證據，讓他翻供。如果他不翻供的話，對你我來說都是個麻煩。」

孟森說：「這個我倒是可以跟他說一下。」

孟副省長強調說：「不是跟他說一下，而是讓他必須要辦到。養兵千日用兵一時，如果這個火燒眉毛的時候，他還不能幫你解決這個問題，那要他還有什麼用處啊！」

孟森說：「行，我馬上就讓他去辦。只是不知道蓋甫會不會翻供，如果他不翻供，我還是會被採取措施的。」

孟副省長不耐煩的說：「小孟，你到底在慌什麼啊，哪有那麼容易就對你採取強制措施，你忘了你還是省政協委員呢，要對你採取措施，必需要省政協同意才行，省政協那邊我會幫你打聲招呼的，儘量幫你拖延一下時間。你這幾天也不要回海川了，先找個地方避一下風頭。」

孟森心想，這只是緩兵之計，並不能徹底解決問題，就說：「那我要避到什麼時候才行啊？」

孟副省長說：「等事情平靜下來就可以了。」

孟森懷疑的看了一下孟副省長，孟副省長說：「你不用看我了，我這麼說就是有辦法把事情平息下來的。你通知那個人讓他想辦法讓蓋甫翻供就是了。我現在也要打幾個電話給我北京的朋友，讓鄧子峰老實一點，不要繼續搞下去了。」

孟副省長就去了書房，孟森則打電話給那個內線，孟森的內線一口應承了，說：「行，我想辦法讓蓋甫改口供。」

打完電話，孟森就呆坐在客廳等孟副省長出來，但是孟副省長遲遲沒有出來，似乎短時間完不了，孟森只好滿心焦躁的繼續等著。

與此同時，孫守義也接到了姜非打來的電話。

姜非興奮的說：「孫市長，告訴您一個好消息，案件獲得了突破性的進展，蓋甫已經承認當初他是拿了孟森的錢，才幫孟森掩飾的。實際上褚音在搶救前就已經死了，因此孟森有重大的涉案嫌疑。」

聽到姜非說案件獲得了重大的突破，孫守義卻沒有特別欣喜，這倒是可以給鄧子峰一個交代了，但是孟森和束濤這邊他也算是得罪了。但是孫守義還是得裝個樣子出來，就說：「姜局長，幹得好，繼續查下去，確保把罪魁禍首給抓到。」

姜非很有信心地說：「好的市長，我馬上準備資料，提交給省政協，讓他們准我們公安局對孟森採取強制措施。」

孫守義說：「行，該怎麼辦就怎麼辦吧，不要放過任何一個犯罪分子。」

結束跟姜非的通話後，孫守義馬上打電話給鄧子峰，報告說：「我有個好消息要跟省長彙報，剛才公安局局長姜非同志跟我說，賭音案有了重大的突破，那個濱港醫院的院長已經承認他是收了孟森的錢才幫孟森掩蓋事實的。」

鄧子峰愣了一下，有點不相信的說：「這麼快就獲得了突破？」

孫守義說：「是啊，省長，我按照您的思路吩咐下去之後，姜非同志做了不少的工作，終於突破蓋甫的心防，讓他招供了。」

「不錯不錯，」鄧子峰稱讚說：「這個姜非同志很不錯啊。」

雖然鄧子峰嘴上稱讚姜非，但是心裏卻不是很滿意。原因是在官場上做事講究時機，這個案子獲得突破的時機並不好。

鄧子峰佈局這件事，不是要去對付孟森，而是要對付孟森身後那個更大的人物孟副省長。

孟副省長在北京和東海省都有支持他的人脈，光憑鄧子峰一個人的力量是很難扳倒孟副省長的。如果這個案子獲得突破的時間點發生在王雙河和蘇南的交易被揭發之後，因爲王雙河的關係，呂紀就一定會站在他這一邊，那時候，合他和呂紀二人之力對付孟副省長，勝算還比較大一些。

但是現在私下交易的事還沒被揭發出來，呂紀也還沒有跟他同一陣線，鄧子峰感覺他要對付孟副省長的話，實力就有些單薄了。

不過，這等於是給了他一個跟孟副省長開價的砝碼，現在他拿到了真憑實據，想來孟副省長一定會緊張起來的，這比他當初預想的要好得太多了。雖然不一定會真的扳倒孟副省長，但是從孟副省長那裏獲得一些實質的利益交換也是可以的。

鄧子峰就笑笑說：「守義同志啊，你這件事情處理得很好。回頭你讓姜非同志繼續努力，無論牽涉到誰都要追查到底，把案子給我辦扎實了，要經得起檢驗，知道嗎？」

孫守義立即答應說：「好的，我會按照您的意思部署下去的。」

結束跟孫守義的通話後，鄧子峰看了看手錶，已經是深夜了，他露出微笑，相信這一夜將是孟副省長難以安枕的一夜了。

孟副省長家中。孟副省長終於從書房裏面出來了，孟森注意到孟副省長的臉色比進去書房之前還難看，心裏有不妙的感覺，便小心的問道：「省長，您朋友怎麼說？」

孟副省長說：「沒事了，我朋友說他會搞定鄧子峰的。小孟啊，你也回去吧，趕緊去想辦法讓蓋甫翻供，只要蓋甫翻供，這件事情就會不了了之了。」

孟森用疑惑的眼神看了看孟副省長，孟副省長沮喪的樣子根本就不像沒事，但是孟副省長已經開口送客了，他只好說：「那行，省長，我先在齊州找個地方住下來，看看情況再說吧。」

孟森走了之後，孟副省長嘆一口氣，原本挺拔的腰板鬆懈了下來，整個人看上去比剛才一下子蒼老了很多。倒不是說他的朋友不肯幫忙解決這個案子，相反，他的朋友一口答應對鄧子峰施壓，孟副省長頓時如釋重負，感謝朋友肯伸出援手。但是朋友接下來的話，卻讓他怎麼也高興不起來了。

朋友說：「老孟啊，你怎麼還在跟鄧子峰較勁啊？」

孟副省長解釋說：「我不是想跟他較什麼勁，我只是發現齊東機場項目有違規的行爲，他把這個項目給了蘇老的兒子，而蘇老的兒子又跟齊東市的市長王雙河私下有非法交易，所以才牽扯到鄧子峰的。」

朋友嘆說：「老孟啊，不是我說你，你管那麼多幹嘛啊，這些與你有什麼關係嗎？競爭省長你輸給鄧子峰了，到現在還不服氣嗎？」

孟副省長想要分辯，說：「不是……」

朋友打斷他說：「不要跟我講什麼理由，我就問你一句，你對東海省未來的形勢怎麼看？」

孟副省長愣住了，朋友這話的意思似乎在暗示什麼，他乾笑了一下，說：「你的意思不會是說鄧子峰還要往上走一步吧？」

朋友說：「這還用我說嗎？呂紀現在已經攀到頂峰了，鄧子峰則是方興未艾，不出意外的話，未來東海省將是鄧子峰的天下。你如果連這一點都看不明白的話，你這幾十年的官場生涯恐怕是白混了。」

朋友又說道：「老孟啊，我再透個情況給你吧。北京高層對鄧子峰去東海省的工作狀況很不滿意，不滿意的地方不在鄧子峰本身，而是認爲東海省有些官員對他很掣肘。好比呂紀，始終不能全面掌控東海省的局勢，沒法給鄧子峰提供必要的支持和保障；另外一個就是你！上面認爲因爲你的關係，才導致派來的幹部無法開展工作，已經有聲音說要將你從副省長的位置上拿下來了。」

孟副省長一驚，說：「上面想把我給撤了？」

朋友說：「現在還沒有明確要不要這麼做，所以我才想提醒你啊，要看清大勢。你現在能做的，就是儘量配合好鄧子峰的工作，而不是繼續跟鄧子峰鬥來鬥去。」

孟副省長心情頓時跌落谷底，難受地說：「你是讓我盡量去討好鄧子峰，是嗎？」

「是啊，北京現在對他很看重，老孟啊，你鬥不過人家的；既然鬥不過，不如轉而跟他做朋友。」朋友善意地提醒說。

孟副省長質疑說：「我們互鬥了這麼久，現在就是我想跟他做朋友，人家也不一定願意啊。」

朋友笑了起來，說：「官場上沒有永遠的敵人，也沒有永遠的朋友，只有共同的利益。你老不去跟人家低頭，人家當然不會拿你當朋友的。其實這次的事件倒是個很好的機會，趁鄧子峰現在在東海省還沒有全面掌控，你對他還有用時，趕緊低頭吧，別等著沒用了，你就是想低頭，人家也不會搭理你的。」

朋友這番話，讓孟副省長深受打擊，他在東海省耕耘多年，一心以爲自己有登頂的可能，但是鄧子峰的登場，使他的美夢徹底破滅；這一刻孟副省長才意識到，這個舞台已經不是他的了，無論他多麼不甘願，他還是得把舞台的位置讓出來。

第二天一早，鄧子峰在辦公室接到了孟副省長這位朋友的電話。這個人的位階比鄧子峰高，鄧子峰不得不重視。

這個人先跟鄧子峰寒暄著說：「子峰同志，怎麼樣?你在東海時間也不短了，適應了那邊的工作狀況了嗎?」

鄧子峰笑笑說：「已經適應一些了。」

這個人聽了說：「那就好，誒，你跟老孟配合的還好嗎？」

雖然大家都知道他跟孟副省長互有心結，但是鄧子峰還是不得不說：「我跟老孟配合得挺好的，他很支持我的工作。」

這個人說：「這就好。中央希望東海的班子能夠團結和諧，上面很反感一些同志不把精力放在工作上，成天跟其他同志勾心鬥角，把精力都放在鬥爭上去，這很不好。大家都是同志，應該互相合作，而非互相鬥爭的。」

鄧子峰聽出這個人其實是在警告他不要再跟孟副省長鬥下去的意思了。

這個人接著說道：「子峰同志，你知道我跟老孟關係還不錯，不諱言，老孟一開始對你是有排斥心理的，但是接觸下來，他發現你是一個有能力有原則的領導幹部，在你手下工作，他心悅誠服，也願意配合你的工作。我對老孟這個想法是很讚賞的，作爲幹部，就是應該認清自己的位置，常務副省長是省長的助手，就應該輔佐好省長的工作。」

這番話就是在替孟副省長表達歸順的意思了，鄧子峰笑了笑說：「也不是誰輔助誰，東海省政府是一個整體，我和老孟本來就應該相互合作，做好東海省的工作。」

這個人滿意地說：「子峰同志，你能這麼想很好。不過這裏面還是有個主次的，你是省長，是主要領導。中央對你的期許很高，認爲你能把東海省帶上一個新的台階，你可不要辜負中央的期望啊。」最後又鼓勵了一番才掛斷電話。

這個人已經替孟副省長在他面前低了頭，鄧子峰打擊孟副省長的目的達到了，褚音案自然也就不必再查下去了，現在只看要如何收場就是了。

姜非一早到了辦公室，就準備將刑警大隊長陸離叫到公安局來。有了蓋甫的口供，他就有把握對付陸離了。

但是姜非還沒通知陸離，就接到了看守所打來的電話，說蓋甫提出要見省公安廳的領導，大喊說他遭到了姜非的刑訊逼供，逼他承認幫忙孟森掩蓋褚音的死亡。

蓋甫這是打算翻供，姜非一聽愣住了，這下子他昨天所有的努力都付諸流水了，更別說要去撬開陸離的嘴了。他二話沒說，坐上車直奔看守所而去。他要去看看究竟發生了什麼事，讓蓋甫突然翻供的。

同一時間，孫守義也接到了鄧子峰打來的電話，交代他褚音案要想辦法控制住範圍，不要搞得太大。孫守義納悶不已，昨天鄧子峰對這個案子還興致勃勃地，要他追究到底，誰都不放過呢，怎麼轉眼間卻態度丕變了？

不過孫守義很快就想通了其中緣故，鄧子峰一定是受到某些強大壓力，逼著他不得不改口縮小查案範圍。孫守義正有意如此，那樣就可以保住孟森了。他立即說：「好的，省長，我會交代下去，讓公安局控制查案範圍的。」

鄧子峰又稱讚了孫守義一番後就掛了電話。孫守義隨即打電話打給姜非，趕緊制止姜非下一步的動作。

姜非還以爲孫守義打電話是是要追問他查辦進度呢，接通電話就說道：「不好意思啊，市長，我正趕往看守所，調查一下蓋甫爲什麼翻供。」

孫守義這才知道蓋甫翻供了，孟森還真是神通廣大，竟能讓蓋甫改口，這正好當做結束調查褚音案的理由，於是順勢說：「姜局長，你不要去看守所了，既然蓋甫改了口供，那就把他放了吧，這個案子就到此爲止。」

姜非愣住了，說：「孫市長，這是什麼意思啊？蓋甫明明有問題，怎麼能半途而廢呢？是不是有領導給您施壓了？」

孫守義說：「姜局長，行了，上面交代了，你就不要再浪費精力在這個案子上了。」

「可是……」

孫守義打斷了姜非的話，說：「不要可是了，就按照我說的去辦吧。」說完，就掛了電話。

電話這頭的姜非滿心的鬱悶，卻不得不按照孫守義的吩咐去做。仍然去了看守所，給蓋甫重新做了筆錄，然後將他給放了。

第二章

迷戀心結

喬玉甄充分運用她的魅力，恰到好處的應對，
讓傅華明白了她為什麼會結交到那麼多的高官顯貴。
這一刻，傅華破除了他對喬玉甄的那種迷戀的心結，
他看出喬玉甄展現在他面前的那些，其實只是迷惑男人的手法而已。

蓋甫離開看守所，孟森第一時間就得知消息，於是趕緊知會了孟副省長。

孟副省長聽了，說：「放出來就好，小孟，蓋甫這個人你要多注意點，不要再讓他出什麼問題。」

雖然這次有驚無險，但是把孟森嚇得不輕，自然對蓋甫也是恨得要命，便說：「省長，您放心，我不會再讓他出問題了。」

蓋甫被放出來後，倒是趕忙先給孟森電話了，道歉說：「對不起啊，孟董，這都是姜非那傢伙故意詐我的，不能怪我啊。」

孟森正是一肚子火，只是目前並不是他跟蓋甫清算的好時機，這時候姜非一定還在盯著他們的一舉一動。如果對付蓋甫，肯定會惹來新的麻煩，只能一動不如一靜的好。

孟森便笑笑說：「說什麼對不起啊，這又不是你的責任。說實話，我對你幫我這些已經很感激了。」

蓋甫心裏鬆了口氣，陪笑說：「孟董，你真是太客氣了，我心裏還是感覺很對不起你。不過你放心，經過這一次我心裏就有底了，再也不會發生像這次的事了。」

孟森心裏冷笑一聲，這次你已經出賣我了，下次還不知道會如何呢！嘴上卻說：「別這麼說，再說對不起，別說我不當你是朋友啦。就這樣吧，我還有事，不跟你聊了。」就掛了蓋甫的電話，又想了一下，把電話撥給束濤。

「束董，我現在沒事了。」

束濤也在關注這件事，知道蓋甫翻供，孟森應該就沒事了，便說：「沒事就好。」

孟森說：「謝謝束董的幫忙了。孫市長在這件事情上也幫了我不少，你替我謝謝孫市長吧：跟他說如果他方便的話，我想請他吃頓飯。」

形勢比人強，這次事件讓孟森意識到，原本被他視爲堅強靠山的孟副省長已經漸漸有靠不住的趨勢了，因此他決定向孫守義靠攏，做個識時務者。

束濤答應了，說：「好的，我現在跟孫市長說。」

束濤就立刻打電話給孫守義，轉達了孟森的意思。

孫守義聽完，笑笑說：「我很高興這件事孟董能諒解我，至於吃飯，這時候我跟他去吃飯會惹來一些不必要的議論，你跟他說，吃飯總有機會，等事情平息下來再安排吧。」

束濤也很了解現在時機不合適，就說：「行，市長，我會把您的話轉達給孟董，我想他應該能夠理解的。」

北京，駐京辦。

傅華在辦公室忙了一上午，他在忙著準備喬玉甄去海川考察的事。看看到中午了，便停下手頭的工作，去餐館吃午飯。

在餐館門口，傅華正巧碰到高原和高芸兩姐妹。

高原看見傅華，招呼說：「你也來吃飯啊，正好我和我姐姐也要在這裏吃，一起吧。」

傅華看了一眼高芸，說：「還是不要了。」

高芸瞅了傅華一眼，說：「你不想一起吃，是不是因爲對我有看法啊？」

傅華心說：這個女人，邀請人吃飯還這麼冷淡，擺什麼架子啊。推辭說：「不是，我只是覺得你們姐妹吃飯，我摻和進去不好。」

高原笑笑說：「你多心了，我們姐妹倆天天在一起吃飯的，今天也沒什麼特別的事，你跟我們一起不妨礙什麼的，走，一起吧。」接著不由分說就來拉傅華。

傅華想不答應也沒藉口了，就說：「好了，你別來拉我，我跟你們一起就是了。」

三人進了包間，傅華就讓廚房做了幾樣剛運來的海鮮。然後說：「你們姐妹倆今天怎麼湊到一起了？」

高原說：「姐姐過來看我，我們聊了一會兒就中午了，我想到這裏的飯菜口味還不錯，就留她吃飯啦。」

這時，高芸蹦出一句：「你太太挺漂亮的嘛。」

傅華笑說：「你看到她的照片了？」

高芸點點頭說：「這幾天報紙都在報導，想不看到也不行啊。傅主任，我很奇怪，你們男人究竟是怎麼想的，有個這麼漂亮能幹的妻子，爲什麼還要出去拈花惹草啊？」

傅華臉色變了，這個女人真是太沒禮貌了吧，便毫不客氣的回敬說：「高大小姐不需要問我，怎麼不去問問你的未婚夫胡東強啊，既然你這麼出色，他爲什麼還要招惹那些小明星呢？」

高原一聽，衝著傅華叫道：「傅華，你怎麼可以出口傷人啊，你明知我姐是受害人，你還說這種話。」

高芸卻制止高原說：「高原，你先別發火。」轉頭對傅華說：「我問你這個問題，就是因爲我不懂胡東強，搞不明白你們這些男人究竟在想什麼。原來你們的想法是一樣的，就算是身邊有了優秀的女伴，也會忍不住想要去風流。」

傅華有種掉進陷阱的感覺，苦笑了一下，說：「如果你瞭解我那件事的始末的話，就知道我是被人設局算計了，我也爲那件事付出了很大的代價，不但被上級處分，老婆還差點跟我分手。哪像胡東強那麼風光的帶著小三在拍賣會上華麗的亮相呢。」

高芸冷笑說：「你這麼說好像還很偉大似的，如果你真的在乎老婆，就不應該去招惹別的女人。」

傅華喊冤說：「誰說我去招惹女人了，是工作中接觸到的女人。高芸，你不要受了胡東強的欺負，就跟個怨婦一樣，看誰都不順眼。」

高芸說：「我沒有，我只是覺得你根本就不在乎自己的妻子，所以才會惹出那些花花事來的。」

傅華生氣地說：「你知道什麼就來胡說八道，你曉得我付出了多大的努力才挽回我的妻子嗎？我告訴你，我們可是真心相愛才在一起的，你以爲我們像你和胡東強一樣，只是爲了家族利益才聯姻的啊？」

高原在一旁聽不下去了，嚷道：「傅華，你夠了吧，打人不打臉，揭人不揭短，你不知道嗎？」

傅華氣哼哼地說：「高原，你搞清楚，是你姐先揭我短的。」

高原說：「那又怎麼樣呢？你是男人耶，有點風度好不好，你看把我姐氣的。」

傅華這才注意到高芸面色灰敗，雙肩顫抖，貴婦氣質已經蕩然無存，心裏也覺得自己有些太過分了，跟一個女人較什麼勁啊？便看著高芸說：

「對不起啊，我剛才一時口快，沒顧及到你的感受。今天這是怎麼了，本來是來吃飯的，結果卻變成吵架了。」

高原瞪了傅華一眼，責備說：「是你氣量太小，我姐是女人，你就不能讓著點啊？還有，今天是我請你吃飯，你這樣可對主人不夠尊重啊。」

傅華自嘲的說：「看來我成了惡客了。這樣吧，爲了表示歉意，這頓飯我請，這下總行了吧？」

傅華這麼一說，桌上的氣氛就緩和很多，高芸也笑了一下，說：「不用了傅主任，我也有不對的地方，如果再讓你請客，我會覺得很不好意思的。」

這時，菜陸續上來，傅華開了一瓶白酒，給姐妹倆倒上，賠罪說：「我們誰也別怪誰了，來，邊吃邊聊，這魚涼了就不好吃了。」

三人便動筷子開吃起來。

吃了一會兒，高芸說：「聽傅主任的意思，你很愛你的妻子？」

傅華點點頭說：「是啊，我跟我太太也是歷經一番波折才在一起的，所以我很珍惜。」

高芸說：「據我所知，你妻子的門第很高，你娶她是有點高攀了。」

傅華笑說：「看來你把我調查得很清楚嘛，是啊，我妻子出身紅色家族，各方面都比我好，不過這並不成爲我們在一起的阻礙，如果兩人真心喜歡對方，這些都不算什麼的。」

高原忍不住說：「吆，傅華，我還不知道你是這麼酸的一個人。」

高芸瞪了一眼高原，說：「不要這麼說傅主任，人家可是好心幫過你的忙的。」

高原回嘴說：「這是兩碼子事。」

高芸教訓說：「人家那不是酸，是真心實意。現在這樣子的男人已經很少了。」

傅華看高芸竟然爲他說起好話來，未免有些詫異，不知道高芸賣的是什麼藥，乾笑了一下，說：「這麼一會兒風向又變了，我又成好人了。」

高芸笑說：「難道你不是嗎？我聽高原說你們原本關係並不好，她還把你的腳都踩傷了，可是你還在我面前幫她說話，這說明你是個生性善良的人。」

傅華靦腆地說：「我也沒那麼偉大啦，高原那一腳踩得也不是很重，只是有點瘀傷，沒多久就好了。」

高芸說：「你總是幫了她的，誒，傅主任，你是不是遇到不平的事總愛幫忙啊？那如果我有事需要你幫忙，傅主任會不會拒絕伸出援手啊？」

傅華愣了一下，不解地看著高芸。

高芸說：「你還沒回答我的問題呢？是不是對我有意見，不想幫我的忙啊？」

傅華擺擺手解釋說：「我覺得你高大小姐根本不需要我幫忙吧，你是和穹集團的千金，什麼事自己解決不了啊？再說，我們其實並不熟，談不上有什麼意見不意見的。」

高芸笑了起來，說：「傅主任，你真夠聰明啊，表面上說對我沒意見，好像沒拒絕我，實際上卻在暗示我們還沒熟到你肯幫我忙的程度，是吧？」

傅華不好意思地笑說：「高大小姐果然名不虛傳，夠精明，一下就聽出了我的潛台詞。不過，我是真的覺得你不會有什麼事需要我幫忙的，我也沒這個能力幫你什麼忙。」

高芸說：「傅主任，你對別人的防備心就這麼重嗎？我還沒說要你幫什麼忙呢，你就

先把話堵死了，讓我連開口都無法開口。也許我只是讓你幫我做一件很小的事呢？」

傅華反問道：「那你要我幫忙做什麼『小』事啊？」

高芸搖搖頭說：「傅主任，你這樣對待一個女人，會讓她很沒面子的。是不是我在你眼中一點魅力都沒有？看來我這個人真的很失敗啊。」

這個女人真厲害，幾句話就把主動權繞到她那邊去了。如果他再不說要幫忙，就好像是說她沒有女人魅力似的。

傅華心說：我就不接招，看你怎麼辦？便說：「看你這話說的，其實你不但有魅力，而且魅力非凡，只是你的魅力已經輪不到我來欣賞罷了。」

這時，高原在一旁聽得不耐煩了，抱怨說：「姐，你跟傅華這麼繞來繞去的幹嘛啊？需要他幫什麼忙，你直接說出來不就行了，他能幫自然會幫的。」

高原又補了一句：「傅華，你不會真的那麼壞，能幫忙卻故意不幫吧？」

傅華此刻被逼到牆角，不得不乾笑說：「當然不會了。」

高原得意地說：「那不就行了。姐，你說吧，究竟想讓他幫什麼忙？」

高芸卻笑笑說：「我跟傅主任又不是很熟，能讓他幫什麼忙啊？我不過跟他開個玩笑，看看他是不是只要有漂亮女生提出要求，他就會答應。現在看來，傅主任倒也不是個輕言承諾的人。」

高芸繞了這麼一大圈，只是爲了開玩笑試試他？傅華有點不相信的看了一眼高芸。

高芸接觸到他的眼神，甜笑說：「不過傅主任，你答應要幫我忙的這個承諾我可是記住了，先謝謝啦。」

傅華心裏有一種不好的預感，感覺高芸在盤算什麼，因爲他注意到高芸的眼神中，帶著一絲詭計得逞的意味。心想：不管你在打什麼主意，如果要我幫你做什麼出格的事，我一定會毫不猶豫的拒絕你的，讓你的陰謀沒有施展的機會。

吃完，高芸說要回和穹集團，送走高芸之後，傅華和高原一起進了電梯，傅華不禁問道：「高原，你姐跟那個胡東強現在怎麼樣了？」

高原苦笑了一下，說：「我姐還能怎麼樣呢，當然是忍下來了。連我幫她出氣都要怪我，無非是想儘量維護她和胡東強的關係罷了。」

傅華聽了說：「估計你姐也是有苦難言，你就多體諒她一下吧。」

高原嘆說：「這倒是，我看得出來，她心裏很痛苦，常常一個人在那兒發呆，唉，我這個做妹妹的也幫不到她什麼。」

說話間，到了駐京辦所在的樓層，兩人就分了手，各回自己的辦公室。

第二天，傅華帶著喬玉甄和修山置業一行人前往海川。一路上，傅華對喬玉甄都表現

的淡淡的，因爲他對喬玉甄刻意討好金達的做法有些彆扭，覺得喬玉甄是想透過金達攫取不法的利益，因此就不太熱絡。

到了海川機場，曲志霞已經等在那裏迎接他們了。

跟喬玉甄握手時，曲志霞笑笑說：「玉甄啊，我們孫市長有公務走不開，就派我代表他來機場接你，歡迎你來海川投資啊。」

喬玉甄說：「你們海川市政府真是太客氣了，其實志霞姐你能親自來接我，我已經感到十二分的榮幸了。」

曲志霞笑笑說：「我接你是應該的。我先把你們送到海川大酒店住下，晚上孫市長和金達書記會一起給你接風洗塵。」

一行人就去了海川大酒店，房間早已安排好，因爲有曲志霞在，傅華就去自己的房間休息去了。

中午，傅華和曲志霞陪同喬玉甄一行人吃了午餐。午餐後，曲志霞就離開了，傅華也想回自己的房間，卻被喬玉甄叫住了，說：「傅華，來我的房間聊一會兒吧。」

傅華不好拒絕，就跟著喬玉甄去了她的房間。喬玉甄是這次來投資的貴賓，市政府給她安排了一間豪華房。

坐定後，喬玉甄說：「你今天怎麼了，一路上看起來都悶悶不樂的？」

傅華笑笑說：「有嗎，我怎麼不覺得？」

喬玉甄搖頭說：「怎麼沒有，在你臉上擺著呢。你不會是在生我的氣吧？你吃醋啦？」

傅華笑了起來，說：「小喬，你別瞎說，我吃什麼醋啊？」

喬玉甄懷疑地說：「沒有嗎？有些男人會把跟他親近的女人看做爲自己的女人，如果有別的男人跟這個女人接觸，他們就會感覺很不舒服，即使這個女人跟他們並沒有那種關係。」

傅華笑了笑說：「你把我看成什麼了，難道我是一個醋罈子嗎？」

喬玉甄看著傅華的眼睛，誠摯地說：「我把你看做一個很重要的朋友。傅華，我跟金達只是工作上的關係，我不希望你對我有所誤會。」

傅華心想：你們的貓膩只有你們自己清楚了，他不喜歡這種夾在兩者之間左右爲難的感覺，也無力改變什麼，便說：「我沒誤會你們，我知道你們是工作上的關係。小喬，我有些累了，想回房間休息了。」就要站起來離開。

喬玉甄伸手拉住傅華，極力挽留說：「傅華，你別這樣子。」

傅華推開喬玉甄說：「小喬，我真的有點累了。」

喬玉甄鬆開了手，冷冷地說：「好吧，隨你了。」傅華就回了房間。

金達和孫守義給喬玉甄接風洗塵的晚宴，設在海川大酒店的宴會廳，金達坐在主陪的位置上，孫守義則是屈尊在副陪的位置。

孫守義看到喬玉甄的第一眼，就明白爲什麼金達會說這個投資商很不錯了，這個女人漂亮的令人驚訝，是男人都會覺得很不錯的。晚宴上，金達也表現得十分熱情，在宴會上滔滔不絕，妙語如珠，像極了一隻在異性面前炫耀開屏的孔雀，與以往嚴肅的樣子大不相同。

傅華在這場宴席上只是一個看客，他坐在一個不起眼的位置上，很少說話，這也讓他有更多機會看到金達這種刻意表現自己的樣子。喬玉甄則是充分運用了她迷人的魅力，恰到好處的應對著金達和孫守義，讓傅華明白了她爲什麼會結交到那麼多的高官顯貴。

這一刻，傅華破除了他對喬玉甄的那種迷戀的心結，他看出喬玉甄展現在他面前的那些，其實只是迷惑男人的手法而已；也許因爲他跟她的前男友很像，她在他面前才真切一些。

說到底，喬玉甄最愛的還是她自己，她想從他身上獲得的不過是過往甜蜜的一種回憶，滿足的依然是她自己心靈上的空虛，而非真正的喜歡上他。

傅華頓感釋然，不再糾結了，喬玉甄和金達都是成年人，他們應該知道自己的行爲會帶來什麼樣的結果，會爲自己的行爲承擔責任。既然這樣，又何須他多事呢？

晚宴在愉快的氣氛中結束了，金達和孫守義將喬玉甄送回房間才離去。

第二天按照預定的行程，曲志霞和傅華陪同喬玉甄一起去實地考察了那塊海邊的灘塗地。

喬玉甄看到灘塗地周邊的景色，大爲讚嘆，對曲志霞說：「志霞姐，這裏真是太美了，這是寶地啊，這麼大塊的地放在這裏不開發真是太可惜了，這要是放在香港，根本就是不可能的。」

喬玉甄的考察進行得很順利，十分滿意。她手裏有呂鑫事先做好的一些資料，因此在看過實地後，便確定要開發這個項目。不過她提出一個要求，就是要求海川市採用協議轉讓的方式出讓這塊土地，而非公開的招標程序。

曲志霞有些爲難，說：「玉甄啊，現行國家出讓土地都是採用招標方式，已經很少用協議轉讓了，我沒辦法馬上答覆你。」

喬玉甄說：「志霞姐，你們海川市政府應該考慮一下實際情況，這塊地如果不是我，根本就沒人想開發的。而且前期我的投入將會很大，恐怕有幾十億的規模吧。你們海川市政府也應該替我考慮考慮，給我一點支持吧。」

陪同在一旁的傅華聽懂了，喬玉甄的意思很簡單，協議出讓只是一個形式，她是希望海川市政府能夠用很低的價格出讓給她。這個算計十分精明，因爲如果採取招標方式，以目前房地產開發的形勢，幾家大公司爭起來，會將這塊本來沒人要的灘塗地哄抬到一個天價的。

曲志霞解釋說：「我不是不想支持，而是採用協定轉讓的方式現在行不太通了。」

喬玉甄說：「志霞姐，這個我知道。只是採用招標方式，我怕價格被抬得太高，那我就無法承受了。」

曲志霞爲難地說：「玉甄，我做不了主的，要怎麼處理，等我向上級彙報後再給你答覆吧。」

「行啊，我等你的好消息。」喬玉甄笑了笑說。

曲志霞回到市政府，把喬玉甄的要求跟孫守義作了彙報。

孫守義聽完後，眉頭皺了起來，現在除了一些特別情況外，政府已經不用協議出讓的方式出讓土地，更明確規定不能採用協議出讓的方式。如果這個開發商不是金達帶回來的，孫守義馬上就會拒絕這個要求；但是喬玉甄是金達帶回來的，又是前省委書記郭奎推薦的，他就不得不有所顧慮了。

孫守義說：「你先不要急著答覆喬玉甄，等我請示一下金達書記再說吧。」

孫守義就去找到金達，然後問金達說：「金書記，您看這件事情怎麼辦？」

金達知道喬玉甄這是給海川市政府出了一個難題，違背政策的事情肯定是不能做的，但是金達也不想就這麼拒絕喬玉甄，看了看孫守義，說：「老孫，就沒有什麼變通的辦法了嗎？」

孫守義猶豫了一下，說：「變通的辦法不是沒有，可是……」

金達搶著打斷了孫守義的話，不讓他把後面的話說出來，說：「老孫，既然有變通的辦法，就想辦法變通一下吧，你也清楚這個開發商是郭奎書記推薦過來的，這點面子我還是要給的。」

孫守義說：「這是可以操作，不過有個前提，就是喬玉甄必須放棄協議出讓的要求，不然的話這件事情不能做的。金書記，你是不是出面說服一下喬玉甄？」

孫守義心說：面子可以顧，但是不能做明顯的違規行為，那會成為被人攻擊的靶標。我可犯不上為了你要討好一個女人，搭上自己的政治前途。

金達想了想，說：「行，我跟她談一下吧。」

金達就打電話給喬玉甄，說：「喬董，你現在有時間嗎？」

喬玉甄說：「有啊，金書記您有什麼指示嗎？」

金達說：「那我一會兒過去，就協議出讓這件事跟您商量一下。」

喬玉甄立即說：「行啊，歡迎。」

金達就去了喬玉甄的房間，喬玉甄讓助理給金達倒了茶，就讓助理出去了，然後對金達說：「金書記，是不是我讓您爲難了？」

金達心說喬玉甄不愧是見過大世面，就是通情達理，笑笑說：「是啊，喬董，可能您對內地的政策不太熟悉，國家明確的規定了住宅用地不能用協議出讓的方式，如果我們答應你這個要求，可就跟國家的相關政策違背了。」

喬玉甄眉頭皺了起來，說：「這樣啊，可是我想用這種方式也有我的考慮，您知道，這塊地要開發，必須填土造地，費用是很大的；修山置業也要考慮投入成本的問題，所以我無法承受用太高的價格拿下這塊地。」

金達說：「這個我也清楚，不過採用招標方式，不一定就會把價格抬得很高，海川市可以採用適當的方式加以控制的。」

喬玉甄詫異地說：「真的可以嗎？」

金達點點頭說：「我說可以就可以。」

喬玉甄立即稱讚金達說：「金書記，您可真有領導的魄力啊。」

金達被喬玉甄稱讚，心裏十分舒坦，笑說：「也沒有啦，我們海川市也要主動給投資商創造良好的投資條件嘛。」

喬玉甄說：「金書記您太謙虛了。不過，我還有一個顧慮，我之想採用協議出讓的方式，也是想儘快啓動這個項目。我準備把這個項目注入到修山置業，希望修山置業能在股市上有一個亮眼的表現，如果拖的時間太長，對我很不利。」

金達聽了說：「這個簡單，我會讓相關部門加快進度，專案辦理，儘快完成這塊地的招標的。」

喬玉甄高興的伸手去拍了拍金達的手，親暱地說：「金書記，您真是太棒了，內地的官員我也接觸過不少，但是像您這麼乾脆果斷的還真是第一次碰到。行，就聽你安排吧，我對這個項目充滿了信心，相信在您的支持下，這個項目一定會發展的很好的。」

金達沒想到喬玉甄會突然做出這種舉動，身體不由得顫慄了一下，手很快縮了回去。

喬玉甄笑了起來，說：「不好意思啊，金書記，我剛才有點情不自禁了。」

金達忙表示說：「沒什麼的，喬董，看來我們是達成一致了，那我就不打攪了。」

喬玉甄用水汪汪的眼睛瞟了一下金達，說：「金書記急著回去嗎？」

金達不敢繼續坐下去，擔心再坐下去，他會不能自持，就說：「不坐了，我還有一大堆的公務要處理呢。」

喬玉甄聽了惋惜地說：「每次跟您談話我都有意猶未盡的感覺，不過既然您急著回去忙公務，我就不好意思再耽擱您了，這次真的謝謝您了，爲我想的很周到。」

聽喬玉甄說意猶未盡，金達頗有同感，不過他還算能自制，便站起來跟喬玉甄告別。

喬玉甄將他送到了電梯門口，然後輕柔的跟他握了握手，說：「再見金書記。」

金達離開後，喬玉甄臉上帶著笑容回到房間，看來金達已經深陷她的魅力之中，這爲她將來做項目打開了方便之門，有市委書記撐腰，相信在海川市沒有人敢找她的麻煩了。

喬玉甄接受了競標出讓的方案，至此項目就進入實質操作階段，相關部門開始針對灘塗地塊全面進行評估，展開各項準備工作。

雖然金達說會讓相關部門加快進度，但畢竟不是一兩天能夠做完的。喬玉甄就先飛回了北京。

在回程的飛機上，喬玉甄跟傅華坐到一起，她看著傅華說：「傅華，我看你在海川這幾天心情好像很愉快啊？」

傅華笑笑說：「家鄉的風景和人都是那麼熟悉，心情自然很愉快。」

喬玉甄憑藉女人的第六感，明顯的感受到傅華對她有了一種隔膜，這讓喬玉甄有種不好的感覺，似乎傅華跟她漸行漸遠了。

到了首都機場，駐京辦來車接了傅華，喬玉甄那邊也有車來接她。兩人就各自上了車。上車前，喬玉甄忍不住對傅華說：「傅華，找個時間一起吃飯吧，算是謝謝你陪我跑這一趟。」

傅華客套地說：「這是我的工作，陪你去是應該的。有什麼關於項目開發的事再跟我聯繫吧。」

傅華的話等於明白的拒絕了她一起吃飯的邀請，甚至連以前習慣的稱呼小喬都沒叫，喬玉甄更確定傅華是在選擇遠離她了。

究竟是怎麼了？喬玉甄很想問問傅華是什麼原因讓他這樣，但是傅華已經坐進了車裏，揚長而去了。

海川，晚上，劉麗華的家中。

孫守義克制不住想要跟劉麗華在一起的衝動，寧願冒著可能被跟蹤的危險，還是大著膽子偷偷跑來跟劉麗華幽會了。只不過來的路上他再三的小心。

一番瘋狂之後，兩人喘息的偎依在一起，孫守義撫摸著劉麗華滑膩的肌膚，暗自感嘆，上天給了他這樣一個尤物，真是待他不薄，爲了這一刻的美好，即使冒最大的險也是值得的。

劉麗華突然問：「守義啊，北京來的那個女開發商走了嗎？」

孫守義說：「走了，今天回北京了，你問她幹什麼？」

劉麗華有些吃味地說：「我聽城建局的同事說那個女人很漂亮，還是個混血兒。」

孫守義笑說：「是真的很漂亮。」

劉麗華問：「有我漂亮嗎？」

孫守義笑了起來，說：「你們女人的心理真是奇怪，你去比較這個幹什麼？」

劉麗華伸手輕輕扭了一下孫守義的耳朵，說：「我問你有沒有我漂亮？快回答我。」

孫守義嘴甜地說：「你們是兩回事，對我來說，你是最漂亮的。」

劉麗華不禁笑罵說：「去你的，你的意思還是說她比我漂亮了。」

孫守義說：「你吃這個乾醋幹什麼啊，那個女人雖然看上去漂亮，但是一看就知道是那種遊走各方勢力間的交際花之類的角色，這種女人我只會敬而遠之，她哪有你這麼清純自然啊。」

劉麗華有些不信地看著孫守義，質疑說：「是嗎？我怎麼聽說金達書記似乎對她很有好感？」

孫守義笑說：「是啊，這次不知道怎麼了，金達就跟中了邪一樣，被這個女人迷得神魂顛倒的。」

劉麗華聽了說：「真的嗎？我記得金達對女人向來不苟言笑的。怎麼現在改性啦？」

孫守義說：「其實男人都是喜歡漂亮女人的，金達以前對你們不苟言笑，那是他自我控制得好，把本性給藏了起來。但是這次他遇到一個擅長和男人打交道的高手，就讓他的本性顯露出來了。」

劉麗華訝異地說：「你是說這個女人將金達玩弄在股掌之間？誒，守義啊，你要不要提醒他一下，不用被利用了。」

孫守義搖搖頭說：「這種事怎麼提醒啊，何況就算我說了，他也不會聽的，弄不好還可能得罪他，我可沒那麼傻。」

孫守義倒不是想看金達的笑話，而是跟金達說的話，反而會讓金達惱羞成怒，倒不如裝不知道，任由他們發展。反正這個項目在海川市政府的掌控下，喬玉甄也許能占點小便宜，也興不起什麼大浪來的。

劉麗華不禁嘆說：「想不到金達這麼聰明的人，也過不了美人這一關啊。」

孫守義笑了起來，說：「我不也是過不了你這一關嗎？」兩人便又再次顛鸞倒鳳起來了。

第三章

龍爭虎鬥

傳華越發的驚訝，難道和穹集團跟喬玉甄有什麼過節？
如果是那樣的話，可將有一場龍爭虎鬥了。
喬玉甄跟高層的人物關係密切，而高穹和在高層的關係也不會差多少，
兩家要是鬥起來，可就熱鬧了。

關於那塊灘塗地的招標公告很快就發佈出來，但是並不醒目，只登載在日報一個很不起眼的地方，表示金達並不想讓太多人關注到這條消息。

傅華猜測金達和喬玉甄私下一定是達成了某種默契，喬玉甄才會放棄協議出讓的要求。而這個默契很可能是海川市設法幫喬玉甄達到低價拿地的目的。這條公告登得如此不顯眼，也是不想讓太多的人參與競標。這是幫喬玉甄的一種手法，想要避免有實力的公司來跟喬玉甄競爭。

這時有人敲門，傅華放下了手中的報紙，便看到高芸走了進來，不由得愣了一下。

「你怎麼來了？」

高芸反問說：「難道我不能來嗎？你這裏不是海川市駐京辦事處嗎？」

傅華笑笑說：「是海川駐京辦啊，只是我不知道你來幹什麼。」

高芸正經八百地說：「先讓我正式自我介紹一下，我叫高芸，和穹集團總經理。」說著，就把一張名片遞給傅華。

傅華接過名片，心裏還是搞不清楚高芸究竟在搞什麼鬼，就說：「高總，不知道我有什麼地方可以幫你的？」

高芸笑笑說：「傅主任，你很沒有禮貌啊，你是不是應該跟我交換一下名片呢？」

傅華這才想到自己還沒有給高芸名片，就從桌上的名片盒裏拿出一張名片遞給高芸，道歉說：「對不起，我被你給搞糊塗了，我又不是不知道你是誰，有什麼事需要你這麼隆重的介紹自己啊？」

高芸說：「因爲我要跟你談的是公事，就需要用我公司的身分來跟你談。」

傅華開玩笑說：「好像我們也沒什麼私事可談的。」

高芸眼睛瞪了起來，說：「傅主任，你對待工作就是這麼不認真的嗎？」

傅華也覺得自己剛才說的話有些輕浮，就正色說：「請高總指教，需要我做什麼？」

高芸這時注意到了桌上的報紙，就說：「你也在看今天的日報啊，那就不需要我再拿一份給你看了。」

傅華不禁懷疑地說：「你該不會是衝著海川這塊灘塗地來的吧？」

高芸點點頭說：「是啊，怎麼了，你好像不太歡迎似的。」

傅華很驚訝，這麼不顯眼的招標公告，和穹集團居然也注意到了，雖然東海日報是全國性的報紙，但是通常只有少數和東海省相關的部門或單位才會訂閱，一般人很少看這家報紙，高芸會看到這個公告，莫非和穹集團也訂閱了東海日報？看來事情要熱鬧了。

傅華笑笑說：「我不是不歡迎，而是我沒想到和穹集團也會對海川那個小地方有興趣。」

高芸不以爲然地說：「傅主任，你這話說的可就有點外行了吧？對商人來說，無所謂地方的大小，只要有足夠的利益，再小的地方我也會感興趣的。」

傅華心說：這還真是瘦田無人耕，耕開有人爭啊，怎麼突然有這麼多人關心起那塊地來了？不禁說道：「那可是一塊灘塗地啊，開發成本應該很高，這你們和穹集團也感興趣？」

高芸點頭說：「這我知道，不過那個地周邊風景不錯，如果開發出來，價格可以抬高一些，就能回收成本了。咦，傅主任，我怎麼覺得你似乎是不太想讓我們和穹集團參與啊？怎麼了，是不是你們已經有內定的開發商了？」

傅華自然不能承認海川市政府早已將這塊地內定給了喬玉甄，便說：「當然是沒有啦，我只是把實際的情況跟你反映一下而已。其實你們如果真的想要在海川買地開發的話，有很多其他更好的地塊可以選擇，我可以幫你介紹，不一定非要這塊灘塗地的。」

高芸卻堅持說：「別的地方我不喜歡，我就看好這塊地了。你想，房子建好之後，窗外就是一望無垠藍色的大海，這是多美麗的景色啊，會多讓人心情舒暢？告訴你，廣告詞我都想好了，『海天一色，穹海別墅，夢幻的家。』」

傅華笑說：「那高總想要我幫你做什麼呢？我們駐京辦並不負責推廣這個項目，我不知道能幫你什麼？」

高芸不解地說：「這是你們海川市的項目，怎麼你們駐京辦不負責推廣呢？」

傅華解釋說：「高總，海川雖然是個小地方，但是事務還是很繁雜的，我們駐京辦本來就是一個小部門，海川很多事情都與我們駐京辦不相干的。」

高芸聽了說：「那你能不能提供一些項目相關的資料給我啊？」

傅華回說：「相關的資料，高總可以直接跟負責招標的部門索取，沒必要再經我一道手的。」

高芸別有深意地看了看傅華，說：「傅主任，你是不是對我有很深的成見啊，居然連這點忙都不肯幫我？」

傅華暗自苦笑，說：「高總你誤會了，我只是覺得你直接找他們要，效率會更高一些。」

高芸生氣地說：「行，不用說那麼多廢話了，我算是領教你這個人了。打攪了。」就氣沖沖地走了。

傅華看著高芸的背影，心想：誤會就誤會吧，反正他也不想跟這個貴婦有什麼往來。

臨下班的時候，傅華接到鄭莉電話，說她晚上有個應酬，不回家吃飯，讓他自行解決。

傅華不禁埋怨說：「你又要去應酬啊？」

自從鄭莉設計的長裙在那晚的慈善拍賣會上賣出天價之後，傅華感到鄭莉明顯忙了起來，應酬也多了許多。相對的也就少了陪兒子和他的時間，這讓傅華有點不能適應。

鄭莉解釋說：「是一個時裝界的聚會，有朋友說要介紹一位國際知名品牌的設計師給我認識，我想去開開眼界。老公，你不會介意吧？」

傅華就是介意也不好說介意了，就說：「當然不介意了，不過早點回來啊，別忘了兒子還在家等著你呢。」

鄭莉笑笑說：「行了，我知道了。」

於是傅華就自己在外面隨便吃了點，然後回家陪兒子。直到快十二點，傅昭早就睡了，鄭莉才匆匆趕了回來。

看到傅華的臉色不太好看，鄭莉歉意的說：「老公，我也想早點回來的，但是那些朋友都是夜貓子，非拖著我不放，我也沒辦法啊。」

傅華也不好責備鄭莉什麼，便說道：「行了，別再這麼晚回來就是了。兒子一晚上哭了好幾次找媽媽呢。」

鄭莉趕忙說道：「好好，下次我會注意的。」

時光不覺又過去了一個星期，這天，喬玉甄出現在傅華的辦公室。

自從上次在機場分手後，這些日子他都沒再和喬玉甄聯絡過。現在傅華把喬玉甄視爲是一個認識的普通朋友，沒什麼事也就很少打電話給她了。

傅華見喬玉甄臉色很難看，正在奇怪時，喬玉甄便不滿的說：「傅華，我自問沒做什麼對不起你的事，你為什麼要故意跟我搗亂啊？」

傅華不明所以，說：「什麼意思啊，我跟你搗什麼亂啊？」

喬玉甄不滿地說：「你還跟我裝糊塗？你明知我對那塊灘塗地志在必得，為什麼你還要把和穹集團給引進來啊？你對我有意見可以明著來，暗地裏使壞算是怎麼一回事啊？」

傅華心裏是惱火，和穹集團要參與這個項目又不是他能決定的，卻搞得喬玉甄和高芸都誤會他，讓傅華有一種裡外不是人的感覺。就沒好氣的說：「喬玉甄，你搞清楚，和穹集團與我有什麼關係啊？」

喬玉甄冷笑一聲說：「傅華，你以為你不出面，我就不知道這件事是你搞的鬼，那個招標公告那麼不顯眼，還是在東海日報那種沒人看的報紙上，和穹集團怎麼會知道這個消息？除了你告訴和穹集團，我想不出還有什麼原因。」

傅華有種百口莫辯的感覺，搖搖頭說：「隨便你怎麼想，反正我沒這麼做。如果你是為了這件事來指責我的話，你的意思我已經清楚了，你可以離開了。」

喬玉甄越發的火大，指責傅華說：「傅華，你怎麼可以這樣對我，枉我還拿你當最好的朋友。你應該清楚，我接近金達只是為了商業上的需要，沒有什麼特別意思的。」

傅華無奈地說：「你誤會我的意思了，我說沒做過就是沒做過。至於你跟金達如何，那也不干我的事，我想我已經說得夠清楚了。」

喬玉甄卻不相信傅華的話，冷笑一聲說：「傅華，我到今天才真正認清你是什麼樣的人，你不要得意，以爲搬出一個和穹集團就能把我的事情給攪局了。告訴你，我喬玉甄要做的事還沒有做不成的，咱們走著瞧吧。」

傅華聳聳肩說：「隨便你怎麼想，我還是那句話，沒做過就是沒做過。請吧。」

喬玉甄恨恨地說：「你不用攆我，我自己會走。」就氣哼哼的走了。

傅華自認問心無愧，並沒有把這件事太放在心上，只視爲是一場無妄之災罷了。只是高芸會知道這個項目確實很蹊蹺，而且高芸應該看得出來這次的招標有問題。再有，怎麼就這麼巧，喬玉甄的修山置業對灘塗地感興趣了，和穹集團馬上也過來參一腳。海川雖然發展的不錯，但也還沒到會引起這麼多關注的程度，傅華覺得高芸這麼做一定是有陰謀的。

沒想到這件事卻並沒有就此打住，就在喬玉甄找他的第二天，孫守義打電話來，開口就問道：「傅華，和穹集團來買灘塗地那個項目的招標書，是你引薦的嗎？」

傅華苦笑了一下，說：「市長，是不是我頭上寫著和穹集團四個字啊，怎麼你們都把這筆賬算到我頭上了呢？」

孫守義笑說：「你頭上倒是沒寫和穹集團這四個字，不過卻有人說是你故意把這個項

目告訴和穹集團的，想要他們來參加競標，好跟金達書記搗亂。」

傅華大嘆說：「這些人也把我看得太神奇了吧？我有那麼大的影響力能夠左右和穹集團的決定嗎？市長，您也相信嗎？」

孫守義說：「我不相信。不過的確很多人的看法是這樣的，這對你很不利。你跟金達本來就有些誤會，這下子恐怕誤會更深了。」

傅華無奈地說：「那我也沒辦法啊，這件事從頭到尾都與我無關的。」

孫守義說：「其實和穹集團要來海川投資，我們是求之不得，傅華，你看能不能辦法勸一下和穹集團，海川還有很多可以開發的好地塊。和穹集團如果放棄這塊灘塗地，市裏可以答應他們在別的地塊上給予盡可能的方便和優惠。」

傅華心說：我又何嘗不想讓和穹集團放棄對灘塗地的爭奪啊，但是高芸卻咬定了非要這塊土地不行，根本就不可能說服他們放棄的。

傅華心裏直叫苦，不知道是哪個壞蛋設的局，讓他把身邊的人都得罪光了。如果他跟孫守義說他不能說服和穹集團放棄的話，肯定孫守義也會對他很不滿。但是他又沒有別的辦法，只好硬著頭皮說：「市長，怎麼你也不相信我和和穹集團沒關係啊？」

果然孫守義聽了，淡淡地說了句：「那就算了。」就掛了電話。

傅華就去高原的辦公室，想問問高原，看看高原知不知道高芸為什麼會突然對這塊地感興趣來了。

高原看到傅華來了，說：「誒，今天怎麼想起要來看我了？」

傅華笑了笑說：「無事不登三寶殿，有點事想問你，你知不知道和穹集團爲什麼突然對我們海川感起興趣來了？」

高原納悶地說：「你說和穹集團要去海川發展？」

傅華說：「是啊，你姐說要參與海川一塊灘塗地的招標，你不知道這件事嗎？」

高原搖搖頭，說：「我不知道，我現在很少參與和穹集團的事，那邊是我爸和我姐在管。要不我打電話給我姐問一下？」

傅華說：「好啊，你問一下也好，不過千萬別講是我要問的。」

高原笑說：「你怕什麼啊?我姐那人並不是什麼壞人的。」

傅華說：「我知道她對我有意見，我怕你說是我要問的，她會不講真話。」

高原說：「應該不會。」就撥了高芸的電話。

「姐，我有事要問你，你爲什麼要去海川開發什麼灘塗地啊?」

高芸說：「小原，你突然問這件事幹嘛?是傅華那傢伙讓你來問我的吧?」

高原不好意思地說：「被你猜中了，是啊，他還不讓我告訴你是他要問的呢。」

沒想到高原這麼快就出賣他，傅華在一旁對高原直翻白眼。

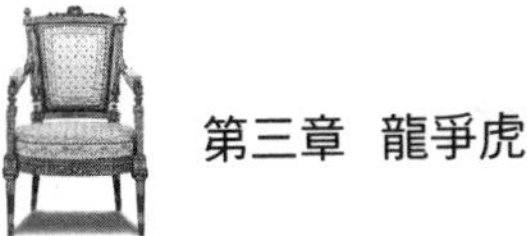

高芸說：「小原，你告訴他，如果他真想知道和穹集團爲什麼會去海川的話，他有我的電話號碼，讓他直接來問我好了，別藏頭藏尾的。好了，我還有事要忙，掛了。」

高芸掛了電話，高原抬頭看了看傅華，說：「你都聽到了吧，我姐讓你自己去問她。打個電話給她吧。」

傅華心說我能打這個電話就不會來問你了，抱怨說：「高原，我總幫過你的忙，你怎麼馬上就出賣我了？」

高原叫屈說：「你這可是錯怪我了，我向來很少過問和穹集團的事，突然關心起來，我姐也不是傻瓜，不用猜也知道是你要我問的了。」

傅華想想也是，就說：「你姐曾經要我幫忙這件事，被我拒絕了。我現在再打電話給她，不是自己找釘子碰嗎？」

高原說：「誒，別用你的小人之心去揣度我姐，我姐可沒你那麼小氣。你如果不好單獨問，要不這樣吧，我約她晚上出來吃飯，你也一起來，到時候你可以當面問她。有我在場，我姐應該不會太不給你面子的。」

傅華想了想，說：「還是算了吧，晚上我要回家吃飯。」

正說時，傅華的手機響了起來，鄭莉又是因爲要應酬不回來吃。當著高原的面，傅華不好責備鄭莉，就說：「行，早點回來啊。」

高原在一旁聽了，說：「你老婆現在很忙啊，她現在可是當紅的設計師了。既然你老婆不回家了，你還要回家吃飯嗎？」

傅華遲疑了一下，高原便說：「我姐沒那麼可怕的。好啦，就這麼說定了，晚上我們一起吃飯。」

傅華也覺得沒有必要怕見高芸，便笑笑說：「好吧，一起吃飯就一起吃飯，不過說好我請客。」

本來傅華只是客氣一下，沒想到高原說：「你要請客是吧？那我可要好好地宰你一刀了，晚上就去『華彬費爾蒙酒店』吧，我喜歡那裏的牛排，到時候你可別心疼錢啊。」

酒店的牛排價格都不便宜，高原這刀宰得還真不輕，不過傅華既然開口說要請客了，便大方地說：「無所謂了，這點錢我還出得起。」

高原高興地說：「那就好，到時候我一定把我姐約去。」

晚上，傅華和高原一起去了建國門外大街的「華彬費爾蒙酒店」，這裏的牛排屋名字叫做「刃」，很有東瀛武士的味道；整體風格呈現東方元素，色調是玫瑰金，跟傳統美式的牛排屋風格很是不同。更特別的是採透明玻璃的開放式廚房，食客可以看到主廚製作美食的過程。

傅華和高原到了好一會兒，高芸才姍姍來遲。

高芸看到傅華，立即笑說：「這不是傅主任嗎，奇怪，你不是說你和海川那塊灘塗地的開發沒什麼關係的嗎？怎麼又想起來要問我和穹集團爲什麼要參與這個項目了？」

傅華尷尬地說：「高總別這麼說：「我只是有點好奇罷了。」

高芸笑說：「恐怕不止是好奇這麼簡單吧？不然你也不會在這裡請我客。這裡的牛排很貴，一客就要上千的。」

傅華心想今晚的飯錢加一加恐怕五千塊拿不下來，高原真是夠狠了，把他宰得不輕。不過男人都是要面子的，就說：「高總就不用擔心這個了，這點錢我還花得起。」

高芸問：「不會是用你們駐京辦的公款支付吧？」

高原有點看不下去了，抗議說：「姐，你別這樣子好嗎？」

傅華趕忙說：「高原，你不用替我擔心，私人請客，當然是自己出錢了。放心，我帶著卡呢。」

高芸這才滿意地說：「你還算有誠意！說吧，你究竟想問我什麼？」

傅華納悶地說：「我想問一下高總，你們以前從來沒有在海川有過業務，爲什麼突然會想起來要去海川開發什麼灘塗地啊？」

高芸說：「我不是跟你說過了嗎，我們看好這塊地方的前景，認爲有錢可賺。」

傅華無奈的說：「高總這是想敷衍我吧？我就不相信和穹集團在北京發展得好好的，會突然把目光轉向海川。」

高芸攤了攤手說：「你不相信我也沒辦法。」

話談到這裏就進行不下去了，傅華看了一眼高原，心說你該說句話了吧？

高原看出傅華的意思，就對高芸說：「姐，我們這是私下吃飯，你別跟我們講這些官話好不好？你就告訴傅華究竟是爲什麼要去海川拿地嘛。不然他這個小心眼的人會覺得這頓客請得很冤的。」

高芸卻說：「他自己要當這個冤大頭的，怎麼能怪我。」

高原有點下不來台，哀求道：「姐，你別這樣啊，我可是答應他，會幫他問出原因的，你給我個面子吧？」

高芸笑笑說：「不是我不給你這個面子，而是人家也在拿官話來糊弄我，我當然也要用官話回應他啦。傅主任，你說是吧？」

傅華錯愕地說：「高總，我真的不明白你什麼意思，我說駐京辦沒有參與這個項目可是真話。」

高芸搖搖頭，正色說：「那你跟我說這個項目海川市沒有內定給誰，這也是真話嗎？」

「這個……」

傅華立時無言以對，看來高芸已經完全掌握了海川的底牌。

「你們是衝著修山置業來的？」

他忽然有些明白了，這件事高芸並不是針對他來的，他不過是遭了池魚之殃罷了。

高芸笑說：「傅主任，你不笨嘛，你說的雖不中，卻也差不多了。」

傅華越發的驚訝，如果不是修山置業，那就是喬玉甄了，難道說和穹集團跟喬玉甄有什麼過節？如果是那樣的話，可將有一場龍爭虎鬥了。喬玉甄跟高層的人物關係密切，而高穹和在高層的關係也不會差多少，兩家要是鬥起來，可就熱鬧了。

傅華自問這可不是他這個層次能攪和的，正好前菜和湯送了上來，傅華就低下頭專心享受美食去了。

高芸看傅華只顧著低頭對付美食，取笑說：「看來傅主任真不是普通的聰明啊，知道這灣水很深，索性就什麼都不問了，是吧？」

傅華說：「我只是個小小的駐京辦主任，太深的水還是別輕易去蹚。」

高芸笑笑說：「不過據我所知，傅主任跟喬玉甄關係很親密。她應該對和穹集團要參與灘塗地的招標這件事，遷怒到你身上了吧？」

傅華正在喝湯，差點沒被高芸的話給嗆到，說：「高總這個情報就有點不準確了，我跟喬小姐認識不假，但只是一般的朋友而已，並不像你說的很親密。」

高芸狐疑地說：「真的嗎？我看不見得吧。我聽到的可不是這樣子啊；再說，喬玉甄可不是什麼清純玉女，你們之間就那麼清白？」

一旁的高原聽了，馬上叫說：「傅華，你這可不對吧，你都結婚了，怎麼還去勾搭別的女人啊？」

傅華苦笑說：「如果我說我們真的是清白的，你們一定不會相信我吧？」

高芸說：「你說呢？不過也無所謂，現在這個時代，男女在一起，發生點什麼都是再正常不過的，更何況傅主任本就是一個風流情種呢？」

這時傅華真是很後悔請這頓客了，簡直是花錢讓高芸來數落他，不是沒事找事嗎?!

傅華只好說：「你們不相信，我也沒辦法，反正是沒有那種事情的。高總，不知道你們和穹集團爲什麼會跟喬玉甄起衝突呢？」

高芸不禁稱讚說：「不錯啊，傅主任，我越來越欣賞你了，這麼快就能穩住陣腳，還能反過來探聽我們跟喬玉甄的衝突原因。我們還是先吃牛排吧，牛排涼了可不好吃。」

他們點的是澳洲和牛的菲力牛排，嫩度極佳，肉香四溢，讓人不禁食指大動。傅華切了一塊放進嘴裏，感覺肉質柔軟，口感細緻醇厚，確實有貴的道理。

高芸也吃了一塊，然後說：「其實很簡單，原本我們和穹集團計畫想要收購修山置業，沒想到喬玉甄借助高層的關係搶先一步，私下做了小動作，把修山置業給搶走了，讓

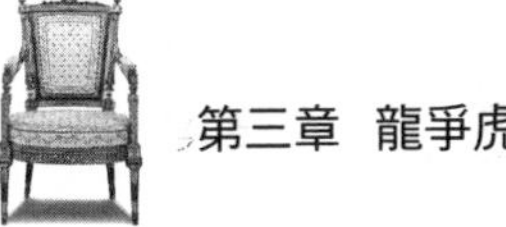

我們功虧一簣。」

這下傅華才知道爲什麼高芸會知道喬玉甄要拿海川那塊地了，甚至喬玉甄拿這塊地的目的和方式，她恐怕都一清二楚。因爲和穹集團如果有收購修山置業的計畫，一定會事先在修山置業收買一些人馬，好瞭解修山置業的狀況。但是喬玉甄卻不知道這些，才會陰差陽錯以爲是傅華把相關的情況透露給和穹集團的。

想不到真相竟是這樣，傅華也無話可說了，只能說是他倒楣牽涉進這件事中，不過現在總算是把事情的來龍去脈給弄明白了，他這一晚挨宰也算值得了。因此在吃過甜點後，傅華便招手讓服務員過來買單。

高芸說：「傅主任，想不到你還很有風度嘛，你應該受到不少的牽連，這種狀況下還願意買單。還是我來付吧。」

傅華笑說：「高總還真是什麼都很清楚啊。不過這頓飯我還請得起，不需要你來可憐我。」說著，依舊把卡遞給服務員。

買完單後，三人一起出了酒店。在酒店門口，跟傅華並排走著的高芸不知爲什麼忽然身子一軟，整個人倒向了傅華。傅華趕忙伸手去扶住她。高芸就像抓住一根救命稻草一樣，緊緊抱住傅華，這才沒有真的倒下去。

傅華扶穩了高芸，趕忙問道：「高總，你這是怎麼了？」

傅華看到在高芸面色紅暈，雙目緊閉，對他的問話沒什麼反應，好像神志不清的樣子，就問高原說：「你姐這是怎麼了？她病了嗎？」

這時，高芸睜開了眼睛，說：「我沒事，就是剛才有點頭暈，可能是今晚酒喝得有點多了吧。」

晚宴喝的是一瓶澳洲的紅葡萄酒，酒勁不是很大，而且今晚高芸根本也沒怎麼喝。他覺得高芸突然暈倒有點奇怪，可能是有什麼病吧。

清醒過來的高芸讓高原扶住了她，從傅華的懷裏站了起來，然後對傅華說：「謝謝你扶住了我，不然我不知道會摔成什麼樣子呢，以後我再也不敢喝酒了。」

傅華笑笑說：「不用客氣，舉手之勞而已。」

三人就各自上了車。回到家，鄭莉居然還沒回來，讓傅華大感鬱悶，覺得鄭莉的出名對這個家來說，並不是件好事了。

海川市，金達辦公室。

孫守義坐在金達對面，看著金達說：「我跟傅華聊過了，傅華說他跟和穹集團並沒有什麼關係，更沒有參與和穹集團開發灘塗地這件事中，因此他沒辦法說服和穹集團退出。」

金達冷笑了一聲，說：「老孫，你信嗎？」

孫守義爲傅華辯護說：「我覺得他不像撒謊的樣子。」

金達不以爲然地說：「那是你還不瞭解他，他這個人很滑頭的。」

金達的這個態度，孫守義並不意外，金達早就對傅華一肚子意見，加上這次金達是要讓喬玉甄拿到項目，就更認定和穹集團是被傅華攛掇出來搞鬼的。

孫守義看了看金達，說：「您看這件事要怎麼辦，現在和穹集團顯然是不會撤出的。」

這次的事情跟上次束濤爭取氮肥廠地塊有很大的不同。束濤爭取氮肥廠地塊，金達和孫守義是採取放任態度，那些涉及到臺面下的事都是束濤運作的。但這次，喬玉甄並沒有束濤在海川市的人脈基礎，不可能私下去運作什麼；另一方面，喬玉甄想要低價拿到這塊地，有了強有力的競爭者加入，她就無法達到目的了。

金達的眉頭皺了起來，他答應過喬玉甄，要幫她低價拿到這塊地的，那時候他覺得不會有別的公司加入競爭。現在卻冒出了一個和穹集團，讓事情複雜化了。和穹集團是國內數得出來的大公司，想要擊退這樣一家有實力的公司，可不是件容易的事。可是不幫喬玉甄拿下這塊地，不但失信於喬玉甄，對郭奎也無法交代。

只是要幫喬玉甄拿下這塊地，他就得去跟相關部門打招呼，他在政壇向來是以堅守原則著稱的，要他一反常態的抹下這個臉去求人，對一向愛惜羽毛的金達來說，更是件難接受的事。

金達有些左右爲難，不由得對傅華更有怨念了。他知道喬玉甄想要他借助市委書記的權勢向傅華施壓，逼迫和穹集團退出競爭。但是喬玉甄不知道，他並不能光靠是傅華的上級，就讓傅華服服貼貼的聽命從事。

金達一時也沒有什麼主意，以往孫守義解決事情是最有辦法的，但這一次孫守義的態度顯然很不積極，因爲孫守義在這件事情上跟他並沒有什麼共同的利益，自然不會花費心思幫他。只好說：「讓我再想想看要怎麼辦，老孫，你先回去吧。」

孫守義就離開金達的辦公室，金達想了想，覺得還是應該跟喬玉甄通報一聲，讓喬玉甄明白現在的局面變複雜了，最好先做好失敗的心理準備。

金達就撥通了喬玉甄的電話，喬玉甄接了電話，說：「金書記，事情怎麼樣了，傅華是不是願意讓和穹集團退出這次的競爭了？」

金達苦笑了一下，說：「不好意思啊，他說和穹集團的事跟他無關，所以也談不上讓和穹集團退出競爭了。」

喬玉甄對此並不意外，她早知道傅華並不怕這些領導。她之所以把傅華參與這件事的情況告訴金達，是想要激起金達的反感，讓他想辦法確保她能拿到這塊地。

喬玉甄故意埋怨說：「這個傅華怎麼敢這樣這麼不尊重您啊。」

金達嘆說：「誰叫他娶了個好老婆啊。」

喬玉甄笑說：「那倒是，不過，這塊地您準備怎麼辦？難道您就想讓傅華和和穹集團他們得逞？」

金達說：「我當然不想，但是有些事我也不好干預太多，和穹集團又是一家實力超強的公司，很有競爭力，所以結果如何，現在很難預料。」

喬玉甄一聽金達畏畏縮縮的，對金達很是蔑視，你這個市委書記也太沒用了吧？連治下一塊土地的歸屬都搞不定！嘴裏卻說：「這樣啊，行了，您不用擔心了，和穹集團就交給我來處理吧。」

金達愣了一下，說：「你有辦法讓和穹集團退出？」

喬玉甄有點嘲諷地說：「沒有辦法我也會想到辦法的，我對這塊地可是志在必得。不過金書記，除了和穹集團外，我不希望這塊地再有其他的麻煩需要我來解決了。」

金達臉上一熱，心知喬玉甄有所不滿，趕忙說道：「你放心，我不會再讓其他的事來搗亂了。」

喬玉甄笑笑說：「那就好，謝謝您的支持了，期待跟您在海川再次見面的時候，修山置業已經拿下這個地塊了。」

金達說：「我也這樣期待。」

喬玉甄掛掉電話，想了想，臉上露出了一絲冷笑，傅華，你當我喬玉甄是好欺負的?!

你想借和穹集團來跟我搗亂，那我就讓和穹集團知道知道我的厲害，看他們還敢不敢攪和這件事！

喬玉甄就撥了一個號碼，對方接通後，她說：「你能不能幫我一個忙？我想給高穹和一個提醒，讓他知道一下我喬玉甄的事不能隨便攪和。」

對方說：「你跟高穹和衝突起來？爲什麼啊？」

喬玉甄說：「不是我惹他，是他惹我的，我看中東海省的一塊地，什麼都安排好了，和穹集團卻突然橫插一槓，想跟我爭這塊地。」

對方聽了說：「這樣啊，那我跟高穹和說一聲，讓他退出就是了。」

喬玉甄甜甜地說：「謝謝啦。」

對方親密地說：「我們是什麼關係啊，跟我還客氣什麼！」

對方掛了電話，喬玉甄臉上的笑容立即變得陰冷起來，她相信只要這個人一句話，和穹集團一定會馬上老老實實的退出競爭的。

她平常是不願意驚動這個人的，一旦驚動這個人，她就必須在事後付出她不情願付出的代價。想起這個代價，她心裏一陣的厭惡，不禁又恨恨地罵了傅華一句：你這個混蛋，閒著沒事吃什麼乾醋啊，這都是你害我的！

晚上，傅華跟農業部一個王司長在外面吃飯。

王司長是孫守義聯繫的，孫守義想從王司長這裏搞一點花卉種植項目的資金。傅華在下午去拜訪他，剛好談到下班時間，便邀請王司長一起吃飯。

兩人就去「大董」那裏吃烤鴨。王司長以前跟孫守義關係不錯，於是在席間聊了不少孫守義在海川的情況，晚宴結束，傅華就先把王司長送回家，然後開車回家。

車到笙篁雅舍門口，傅華便減速慢行。這時，突然一輛沒有牌照的中型麵包車從後面超過他的車，然後猛地一打方向盤切入他的車道，傅華的車差一點就要撞上去了。

傅華嚇得一激靈，本能的一踩剎車，響起一聲難聽的車輪磨擦聲，車子停了下來。幸好是在社區門口，時間又有些晚，後面沒有其他的車子，所以沒有造成追撞。傅華坐在車裏，心臟砰砰直跳，好半天才平靜下來。

他注意到前面的麵包車也停了下來，心裏有點不妙，感覺麵包車是故意想要逼他停車的。果然，麵包車車門打開，下來五六個手拿鐵棍的壯漢直奔他而來。

傅華一看不好，好漢不吃眼前虧，趕忙發動車子想要倒車逃走。沒想到對方早有預謀，這時從後面又有一輛麵包車開了過來，一下撞在傅華的車上，讓他退無可退。

傅華心說完蛋了，自己被人伏擊了。他趕緊鎖死車門，不讓那些壯漢有機會開車門把他抓下去。那五六個壯漢圍上來，二話不說，就劈裏啪啦開始用鐵棍砸傅華的車。

玻璃窗很快都被砸得粉碎，車身也被砸得到處是坑。爲首的壯漢伸手一把將傅華給拽了出來，扔在地上，其他幾個就對著他用腳猛踢。傅華知道反抗也是徒勞，就抱著頭任憑他們踹著。

好在這幾條壯漢似乎並不想要他的命，踹了幾分鐘之後，爲首的一名壯漢指著傅華罵道：「姓傅的，你給我聽清楚了，今天只是給你一個小小的教訓，回去給我好好想想你做了什麼不該做的事，下一次，我對你可不會這麼客氣了。」

罵完，幾人就迅速的上車消失在夜幕中了。

這幫傢伙可算是來得快，去得也快，頗爲訓練有素的樣子。

傅華看這些人走了，緩緩地從地上爬起來，試了試，除了身上一陣瘀傷疼痛之外，骨頭倒沒事，還可以走路。看來這幫人真的只是想給他一個教訓而已。

傅華拿出手機報了警，幾分鐘之後警察來了，現場做了拍照採證，看傅華渾身青一塊紫一塊的，堅持要傅華去醫院檢查一下。傅華就被送進了附近的醫院。

大夫給他做了全身的檢查，確定他的骨頭和五臟都沒事，只是身上多處挫傷，再是有點腦震盪的跡象，需要留院觀察一下。

傅華本想簡單處理一下就回家的，因此沒有通知鄭莉，這個時候走不了，沒辦法，只好打電話給鄭莉。

鄭莉趕了過來，看傅華一身狼狽的樣子，緊張地問道：「醫生怎麼說，傷得嚴不嚴重啊？」

傅華笑笑說：「沒事了，只是皮肉傷。」

鄭莉這才放下心來，忍不住問道：「老公，究竟怎麼回事啊？你究竟得罪誰了，要這麼對你？」

在報警到去醫院檢查的這段時間裏，傅華心中也在想這個問題。想來想去，他最近除了得罪喬玉甄之外，應該沒得罪別人。想不到喬玉甄還會來這手黑的，這個女人還真是複雜啊。

傅華心想，就當這頓打是他跟喬玉甄的徹底了斷好了，過往喬玉甄也幫了他不少忙，這次的事情算是回報她了。因此對鄭莉說：「我想不起來得罪過誰，可能是一場誤會吧。」

鄭莉看著傅華，不相信的說：「誤會？怎麼可能，我看這根本就是設計好要伏擊你的。」

傅華笑笑說：「我想了很久，還是想不出最近有得罪過誰啊，我也不是那種好勇鬥狠的人，不會有仇家會恨我到這種程度的，想來想去，我還是覺得是一場誤會，也許他們認錯人了。」

鄭莉懷疑地說：「我總覺得這件事不是你說的這樣。」

傅華輕鬆地說：「好了，你就別瞎猜了，我現在沒什麼事，晚上在醫院觀察一夜，明天就可以回家了，你別替我擔心了，回去陪兒子吧。」

鄭莉還是不放心，在醫院陪傅華待了好一會兒才回去。

第四章

軒然大波

「確實是牽涉到某個女人，這個女人也確實跟我是朋友，
但是我不想追究這件事卻不是因為她，而是也可能涉及金達，
如果我去追究這件事，將會在海川掀起一場軒然大波，我不想把事情搞得太複雜化了。」

第二天，警察來醫院，說是對方目標明確，肯定是跟傅華有矛盾的人幹的，讓傅華好好想想究竟是誰可能有嫌疑。傅華依舊推說是誤會一場。看傅華這麼堅持，員警也沒辦法，只好留下聯絡方式，讓傅華想起什麼的時候再跟他們聯繫。

鄭莉推掉上午的工作，在醫院陪傅華，九點多，鄭堅和劉康也來了。

鄭堅雖然不是很待見傅華，但是傅華畢竟是他的女婿，可容不得別人來傷害傅華。因此聽鄭莉說傅華被人打了，就告訴劉康。劉康就跟鄭堅一起來看傅華。

傅華看到劉康，不禁說道：「怎麼還把您給驚動了呢？」

劉康笑說：「我來問問狀況，看看能不能找出是什麼人幹的。」

劉康有很多人脈，真的要查，一定能把人給揪出來的，但是傅華卻不想這麼做，就笑笑說：「劉董，謝謝您這麼關心我，不過算了，這件事已經過去了，應該不會有下一次了，沒必要去查的。」

鄭堅馬上就看出了端倪，看了眼傅華，說：「小子，你是不是知道是誰幹的啊？」

傅華知道瞞不過鄭堅和劉康這些老江湖，就笑笑說：「我不能確定，不過我不想把事情越搞越複雜，所以還是到此爲止吧。」

鄭莉在一旁也聽出了話裏有問題，對傅華說：「老公，你在怕什麼啊？牽涉到誰就找誰，我就不信社會沒王法了。如果是牽涉到市裏面的領導，我回頭去找爺爺，讓他幫你出頭。」

鄭堅說：「不用去找你爺爺，回頭我去找程遠和郭奎，讓他們海川市的那些傢伙知道一下，我們鄭家的人可不是隨便就能欺負的。」

傅華趕忙勸阻說：「我可不想搞這麼大的陣仗出來，事情就到此爲止吧，我也沒有證據，僅僅是出於揣測，反正我也沒什麼大礙，還是不要再追下去了。」

劉康看了看傅華，說：「好吧，既然這樣，那我就不查了。誒，你的傷怎麼樣啊？」

傅華說：「皮肉傷，馬上就可以出院的。」

劉康說：「看來這幫傢伙對你還手下留情了。」

劉康和鄭堅坐了一會兒就離開了。鄭莉送走他們之後，坐到傅華的旁邊，看著傅華說：「老公，你老實說，你不願意追查這件事，是不是因爲這裏面牽涉到了你的哪個紅顏知己啊？」

女人的第六感十分敏感，鄭莉居然看出其中涉及到了女人。傅華知道這時候絕不能回避，也不能隱瞞，否則今天就算是過關了，也會埋下隱患。於是笑笑說：

「確實是牽涉到某個女人，這個女人也確實跟我是朋友，但是我不想追究這件事卻不是因爲她，而是也可能涉及金達，如果我去追究這件事，將會在海川掀起一場軒然大波，我不想把事情搞得太複雜化了。」

「牽涉到金達？」鄭莉驚訝地說：「難道是金達指使人幹的？」

傅華搖搖頭說：「不是金達指使，而是那個女人幹的，但是那個女人現在透過金達在海川拿項目，如果追究的話，一定會把金達給扯進來。我倒不怕金達，但是如果事情鬧得不可收拾，我在海川市也是不好自處的。」

傅華就將喬玉甄想聯手金達拿地的經過大致講了，然後說：「小莉，你覺得我是爲了包庇某位紅顏知己嗎？」

傅華的話合情合理，讓鄭莉無法挑剔，便說：「好，是我誤會你了。不過，你打算就這樣放過金達和那個女的？」

傅華說：「我不放過他們又能怎麼樣呢？我又沒有證據，難道說我讓劉董找人去教訓他們嗎？還是退一步海闊天空吧。」

鄭莉想了想，也沒有別的什麼好辦法，只好說道：「好吧，就按照你說的辦吧。」

醫生這時過來再給傅華檢查了一遍，確定傅華沒有問題了，就讓傅華出院了。傅華就讓鄭莉回家，自己去了駐京辦。

一進辦公室，林東和羅雨就趕忙過來探視。

林東還故作關切地說：「傅主任，您沒事吧？」

傅華愣了一下，說：「咦，你們是怎麼知道我出事了？」

林東把一份報紙放在傅華面前，說：「報紙都登出來了，我和小羅都很擔心，您沒事我們就放心了。」

傅華拿起報紙看了看，社會版裏，真有一條報導是關於他被打的，斗大的標題十分醒目：《駐京辦主任被不法分子伏擊，原因不明》。內容則說：報社接到一名熱心讀者爆料，昨晚東海省某市傅姓駐京辦主任遭不明人士伏擊，人被打傷，所幸沒有生命危險。相關案情警方正在調查當中。

傅華看了後說：「現在的報導還真是快啊。好了，我沒事了，只要休息一下就行了，你們回去工作吧，不用擔心我。」

兩人就離開了辦公室，傅華剛想清靜一會兒，手機響了起來，居然是高原打來的。

高原關心的說：「你在哪裡啊？是不是在醫院啊？告訴我哪家醫院，我去看你。」

傅華說：「你也知道我被打了？」

高原說：「是啊，我看到報紙了，上面寫東海某市一傅性駐京辦主任，不是你還會是誰啊？」

傅華笑說：「的確是我，不過我沒事，我現在也不在醫院，在辦公室呢。」

高原聽了說：「哦，那等一下我下去看你。」

過了一會兒，高原就來了傅華的辦公室，上下打量了一下傅華，說：「你這樣不像被打了的樣子啊？」

傅華笑了起來，說：「你是不是希望我被人打成豬頭你才高興啊？我因爲被打的時候抱著腦袋，所以臉上沒受傷。」

高原取笑說：「你還挺有被打的經驗嘛，是不是被人打過很多次啊？」

傅華笑說：「去你的，你才被打過很多次呢，我這是跟電影裏學的。」

高原想了想說：「傅華，你被打不會是跟和穹集團要在海川開發的那塊地有關吧？」

傅華語帶保留地說：「我也不知道，那幫打我的人打完就跑了，沒有留下任何線索，所以究竟是誰幹的，我心裏也沒底。算了，你別管了，這件事情就到此爲止吧。」

高原看了傅華一眼，說：「傅華，你不會真的跟那個喬玉甄有一腿吧？」

傅華趕忙否認說：「你胡說什麼啊？我跟她只是朋友。」

高原忿忿不平地說：「那你明知道是她幹的，爲什麼不追究呢？」

傅華說：「我又沒有證據證明是她。」

高原嗤了聲說：「這還需要什麼證據啊，不是明擺著的嗎？除了她還能是別人嗎！傅華，你不會膽子小到被人打了還不敢討回公道吧？換了是我，我早找上那女人的門去了。」

傅華笑說：「你啊，就是唯恐天下不亂啊。好了，你不用這麼義憤塡膺了，這件事要處理不是那麼簡單的，我現在手裏沒證據，就算我打上門去，對方來個通盤否認，那我要怎麼辦啊？難道我也打她一頓嗎？」

高原反駁說：「沒證據可以找啊，我就不信對方真的一點蛛絲馬跡都沒留下。」

傅華說：「那就是警方的事了，我可沒這個專業素質。」

高原又說：「傅華，你說那個女人都能幹出伏擊你的事了，會不會也對我姐採用這種卑鄙手段啊？」

她越想越擔心，「不行，我要提醒一下我姐，讓她出入的時候小心一點。」就立即撥了高芸的手機，說道：「姐，你知道嗎，傅華被那個喬玉甄給打了。你也要小心點，別著了那女人的道。」

高芸聽了說：「傅華怎麼樣，傷得重不重啊？」

高原說：「臉上倒是看不出什麼傷，別的地方就不知道了。他現在人就在我面前。」

高芸說：「你把電話給他，我有話跟他說。」

高原把手機遞給傅華，「我姐要跟你講話。」

傅華接過手機，說：「高總聽到我被打了，是不是很高興啊？」

高芸歉意的說：「我沒這個意思。很抱歉傅主任，讓你被牽連了，沒想到喬玉甄會下這樣的黑手。」

傅華說：「別這麼說，是不是她我還無法確定呢。」

高芸肯定地說：「一定是她，不會是別人的。」

傅華奇怪地說：「你怎麼能這麼肯定？」

高芸說：「因爲她也對我們和穹集團下手了。」

傅華訝異地說：「她也對和穹集團下手？」

高芸說：「這個女人很厲害，找了一位非常高層的領導跟我爸打了個招呼，要我們退出競爭，我爸不敢拒絕，只好放棄這個開發案了。所以你被打可能是她給你的一個警告，讓你不要插手這件事了。」

傅華心想：喬玉甄做事還真是狠辣，居然雙管齊下，一邊讓高層逼退和穹集團，一方面又找人教訓他，讓他不敢再攪和這件事。

高芸接著說：「傅主任，真對不起，我沒想到會搞成這樣。要不這樣，你修車的錢我們和穹集團幫你出，當我對你的一種補償行嗎？」

傅華笑笑說：「那倒不用了，我的車有全險，保險公司會負責賠償的。」

高芸歉意地說：「我總覺得對你有所虧欠，害你遭到無妄之災，你看我能幫你做點什麼？」

傅華說：「高總，我又不是被你打的，這不能怪你的。」

高芸想了想說：「要不這樣吧，什麼時間我請你吃頓飯，當面跟你說聲抱歉吧。」

傅華開玩笑說：「我可不想再吃什麼牛排了。」

高芸笑說：「你還記得那天的事啊。」

傅華故意說：「印象深刻，三個人吃掉我將近六千塊呢，我可沒有什麼大老闆的父親，心疼啊。」

高芸聽了笑說：「你再把這六千塊吃回去不就行了嗎？這樣吧，到時候你來點地方，不論你點哪裡我都請你。」

傅華並不真想吃這頓飯，就敷衍的說：「行，到時候再說吧。」

掛了電話，傅華說：「你姐今天怎麼了，居然對我這麼客氣，那天吃飯的時候，她的話說得可是一句比一句刻薄。」

高原笑說：「你這人還真是小心眼，到現在還記得啊。那天是因爲你先得罪她的，你也不能怪她。其實我姐這個人並不壞的，你看，她心中對你有了歉疚，馬上就要想辦法補償你。誒，你準備什麼時候去吃這頓飯啊？」

傅華說：「以後有機會再說吧。你姐不能跟喬玉甄爭那個項目了，心情肯定不會很好，我可不想到時候話說得不投機，她又要給我臉色看。」

高原忍不住笑罵說：「你這傢伙就是想的太多了。」

第二天，孫守義打電話給傅華，問說：「傅華，我聽說你被人給打了，傷得重不重啊？」

孫守義的關心讓傅華心裏感到一陣溫暖，起碼孫守義並沒有因爲喬玉甄的事生他的氣，他趕忙回說：「謝謝您的關心，我沒事的。」

孫守義說：「怎麼會發生這種事啊？會不會跟修山置業那幫人有關啊？」

傅華說：「我也不知道，打我的人手法很高明，警察沒有找到什麼線索。不過您不用擔心，和穹集團的總經理昨天跟我說了，他們決定退出這塊地的競爭了。」

孫守義說：「是你勸他們這麼做的？」

傅華說：「不是，是他們自己這麼決定的。」

孫守義交代說：「好，我知道了，你自己小心些，注意安全，知道嗎？」

傅華感激地說：「我知道，市長。」

孫守義結束跟傅華的通話，臉上的神色變得凝重起來。他對傅華被打感到很不滿，一個正當的商人是不會做出這種下黑手的事的，看來這個喬玉甄和修山置業很成問題。他開始懷疑把喬玉甄引進海川究竟是不是對的。

孫守義就去了金達的辦公室，對金達說：「金書記，您瞭解修山置業和喬玉甄嗎？」

金達看孫守義臉色很不好，便說：「怎麼回事啊，老孫，是不是你發現他們有什麼問題啊？」

孫守義說：「我沒發現他們有什麼問題，只是前天晚上傅華被一幫來歷不明的人給打了。」

「什麼，傅華被打了？」金達驚訝的說：「你不會覺得這件事跟修山置業和喬玉甄有關吧？」

孫守義有點不悅的看了金達一眼，對金達先想到的是修山置業和喬玉甄很不滿，心說：你可真是被這個女人給迷昏頭了，自己的幹部被打，你不關心傷勢如何，卻是問是不是跟那個女人有關，真是不知所謂。

金達也發現了自己的話不太對，尷尬的補充了一句：「傅華被打得嚴不嚴重啊？」

孫守義壓抑住心中的不滿，說：「人沒事，不過車子被毀了。我希望這件事與喬玉甄和修山置業無關，如果證實這件事與他們有關，那我們海川市政府是不歡迎這種不良的開發商的。」

孫守義特別強調是「海川市政府」，跟金達做出區隔，他對金達的表現越來越不滿，金達無原則的去遷就喬玉甄和修山置業，他覺得有必要讓金達知道他的態度。

金達感受到孫守義的不滿，不過這件事他本來就有私心，因此有點心虛，乾笑了一下說：「老孫啊，這應該跟修山置業和喬玉甄沒什麼關係吧？傅華在北京的交友那麼複雜，也許惹到了別的仇家了呢？」

孫守義對金達這麼說十分心寒，冷冷的說：「我想您應該比我更瞭解傅華是個什麼樣的同志。對了，傅華讓我告訴您一個好消息，和穹集團已經決定撤出那塊地的競標了，我想您聽到這個消息，應該很高興吧？」

金達辯解說：「老孫啊，我對傅華被打也很生氣的，但是我們也不能僅憑揣測就認定一定是喬玉甄和修山置業的人幹的吧？你讓我跟喬玉甄落實一下情況再說，好嗎？」

孫守義聽得出來，金達這是在維護喬玉甄和修山置業，便不想再多說什麼。「您想怎麼做就怎麼做吧，我回去了。」就離開了金達的辦公室。

坐在那裏的金達臉色變得鐵青，很不高興孫守義的態度，但是他又無法理直氣壯，因此也只能忍受孫守義對他的不敬。同時，金達也很懷疑到底是不是喬玉甄找人打傅華的，於是撥了喬玉甄的電話。

喬玉甄慵懶的聲音從話筒裏傳了過來，說：「金書記啊，怎麼這麼早啊？」

喬玉甄好像還沒起床的樣子，金達說：「喬董，我打電話給你，是想問你，你知道傅華前天晚上被人給打了嗎？」

「傅華被打了？」喬玉甄的聲音明顯的有點緊張起來。

金達詫異地說：「你還不知道這件事嗎？據說他被人伏擊，車子都被砸毀了。」

喬玉甄趕緊問：「那他人怎麼樣，被打得嚴不嚴重啊？」

金達說：「人倒是沒事。」

喬玉甄放下心來，「哦，人沒事就好。」

金達追問：「你真的不知道怎回事嗎？」

喬玉甄有些不高興地說：「您這麼說是什麼意思啊，您懷疑是我教唆的？」

金達質疑說：「難道不是嗎？這個時間點可是有點巧啊，還有，和穹集團也在這時候退出了，這你怎麼解釋？」

喬玉甄說：「和穹集團退出，是因爲我找了一位高層領導跟高穹和打了招呼的結果，不過傅華被打真的不是我幹的，您想想，我已經有把握讓和穹集團退出競爭了，又何必節外生枝呢？」

金達想想也覺得喬玉甄的解釋有點道理，便說：「可是喬董，現在外面都認爲是你找人打傅華的。」

喬玉甄再三澄清說：「我向您保證這件事絕對不是我做的。金書記，是不是有人在您面前說了什麼？」

金達說：「有些人因爲這件事對你和修山置業產生了一些負面的看法。不過也沒什麼了，既然不是你做的，對你的競標就不會產生什麼影響的。」

喬玉甄聽了說：「謝謝您對我和修山置業的信任。」

掛了金達的電話之後，喬玉甄再沒有了睡意，起床簡單的梳洗了一下，就開車直奔海川駐京辦。她想看看傅華的狀況。雖然之前兩人有了爭執，但是她對傅華還是很關心的。

傅華看到喬玉甄愣了一下，隨即說：「你是想來看看我被打成什麼樣子的吧？」

喬玉甄搖搖頭說：「傅華，你要相信我，這件事不是我做的。」

傅華看了喬玉甄一會兒，在喬玉甄的眼神中看到了關切，就有幾分相信喬玉甄了。再說喬玉甄也沒有必要專門跑來演戲裝無辜給他看，就點點頭，說：「我相信你。」

喬玉甄鬆了一口氣，說：「你能相信我就好。傅華，你對我來說是一個很重要的朋友，我可不想失去你對我的信任。現在好了，和穹集團已經退出了，我們之間也就沒什麼障礙了，我們可以像以前那樣繼續做朋友了。」

傅華卻搖搖頭，不管這件事是不是喬玉甄指使的，他心中都已經決定要跟喬玉甄來個了斷。

喬玉甄成功的拿到灘塗地塊後，一定會爲自己攫取豐厚的利益，他不想再有什麼牽扯，於是說：「我想沒辦法了，有些事是不能當做沒發生過的。」

喬玉甄困惑的說：「爲什麼不可以？你剛才不是說你相信不是我找人打你的嗎？」

傅華笑笑說：「是啊，我是相信你，但是你相信我嗎？沒有。我告訴你我沒有參與和穹集團跟你競爭的事，你卻一點都不相信我的解釋。是不是牽涉到了你的利益，你就什麼人都不信了？」

喬玉甄臉紅了一下，說：「不是，傅華，那件事是我誤會你了。」

傅華說：「我可不這麼覺得，我看你是真的認爲我在跟你搗鬼，你還把這件事跟金達說，讓市裏面的領導也誤會我。我覺得做朋友要建立在相互信任的基礎上，我們之間既然失去了信任，這個朋友再做下去也沒什麼意思了。」

喬玉甄急急地說：「傅華，你別這樣，跟你說了那是一個誤會嘛。」

傅華正色說：「誤不誤會已經不重要了，這些天我理順了一下我們的關係，我發現你只是想在我身上找尋一些過去的影子，不過，我並不是你的那位戀人，這種寄託終究還是虛幻的，所以我們這個朋友不做也罷。」

喬玉甄看著傅華，凄然的一笑，說：「傅華，你就因爲這件事就要對我這樣嗎，連朋友都沒得做？」

傅華回絕說：「我覺得這樣挺好的。在你來向我興師問罪的時候，我們就已經不是朋友了。」

喬玉甄是個很高傲的人，見傅華這樣，也不想再去苦求什麼，就冷冷地說道：「行，那就當我們沒認識過好了。」就離開了。

傅華心裏有點悵然若失，畢竟他跟喬玉甄這段時間的往來不是一點美好的記憶都沒有，現在徹底跟她完全了斷，心裏還是有些失落。

失落之餘，傅華想到了另外一個問題，如果這件事不是喬玉甄安排的，那又是誰指使的呢？傅華百思不得其解，最近他沒跟什麼人結過仇啊。而那天那個傢伙點明了是來教訓他的，這可真是邪門了。

晚上臨近下班的時候，高芸帶著一束花出現在傅華的辦公室，傅華看見高芸拿著花進來，笑了，說：「高總，我還是第一次有女人送花給我呢。」

高芸笑說：「我是想表示下歉意，讓你無辜跟著受累，對不起了。」

傅華說：「這個我可不敢領受，我今天見過喬玉甄了，她說不是她安排人打我的。」

高芸詫異地說：「你相信？」

傅華說：「我相信她，我認識她的時間不短，對她的個性算瞭解，感覺她應該不會騙我。」

高芸聽了說：「那就奇怪了，不是她指示的，又會是誰呢？難道你還有別的仇家不成？」

傅華說：「我心裏也在奇怪，卻真想不出我還得罪過誰。」

高芸仍堅持是喬玉甄做的，便說：「這不就得了，說到最後，還是喬玉甄最令人懷疑。」

傅華搖搖頭說：「不，我確信真的不是喬玉甄幹的。」

高芸聳聳肩說：「看來我今天來錯了，我還推掉了所有的應酬，準備晚上請你吃飯，誠心的表示歉意呢。現在你卻說不是喬玉甄做的，那我豈不是就沒有請客的名目了？」

傅華笑說：「那你就省一頓好了，其實本來就沒必要請客的。」

高芸說：「重點不是省不省這一頓的問題，而是晚上沒人陪我吃飯了啊。」

傅華順口回說：「你不是還有胡東強嗎，找他出來陪你吃啊。」

聽傅華提起胡東強，高芸的臉色馬上就沉了下來，瞪了傅華一眼說：「傅主任，你是不是故意哪壺不開提哪壺啊？」

傅華說完後也意識到不該提胡東強的，歉意的說：「不好意思，順口就說出來了。」

高芸卻不依不饒的說：「我看你就是故意的。別以為我不知道你心裏對我很有看法，所以才故意拿胡東強來譏笑我的，是吧？」

傅華搔了一下腦袋，苦笑說：「我真的沒這個意思，我收回這句話好了。」

高芸依然不肯甘休，說：「話已經說出來了，還有能收回去的？」

傅華求饒說：「那你要我怎麼辦？」

高芸笑笑說：「那就罰你晚上跟我一起吃飯好啦。」

傅華看高芸露出笑容，才知道剛才她的咄咄逼人都是故意裝出來的，這才鬆了口氣，說：「原來你沒生氣啊？」

高芸笑說：「我才沒那麼小氣呢！哎，我對胡東強的那些傳聞早已習以爲常了，我沒辦法去改變他，又不能毀掉這個婚約，只好睜一隻眼閉一隻眼了。傅主任，你是不是覺得我這個女人挺悲哀的？」

傅華感覺高芸絕非她嘴上說得這麼輕鬆，沒有一個女人能接受未來的丈夫四處拈花惹草的，但他不能順著高芸，說她很悲哀，於是安慰說：「沒有，每個人都有自己的想法，我沒資格去做什麼評論。」

高芸淺笑說：「傅主任還挺會說話的嘛。誒，就決定晚上我們一起吃飯啦，我打電話給高原，讓她下來跟我們一起去。」

傅華這時不好再推辭，就說：「去是可以，不過簡單的吃就好了。」

高芸笑說：「行了，我不會安排你吃牛排的。」

高芸就打電話給高原，過一會兒高原從樓上下來，三人就在附近找了家酒店，要了一個雅間，隨便點了幾個菜；高芸又開了一瓶紅酒，給三人各斟了一杯。

傅華想起了那天高芸酒後差點摔倒的事，就問道：「高總，你能喝嗎？那天你可是不

勝酒力的樣子啊。」

高芸說：「沒事的，那天是特殊狀況。誒，你不要再叫我高總了，挺彆扭的，就跟你稱呼高原一樣，也叫我名字吧。」

三人邊吃邊聊著，一會兒，高原的手機響了，是她的一個朋友有急事需要高原去幫忙，高原就離開去找她的朋友了。

雅房裏就只剩下傅華和高芸兩個人。傅華覺得有點尷尬，他跟高芸並不是很熟，這樣單獨在一起喝酒十分彆扭，就想趕緊吃完飯好回家。

沒想到高芸卻來了興致，拿起酒瓶要給傅華添酒，傅華攔住了，說：「高總，還是不喝了吧。」

高芸不高興地說：「叫你別喊高總了，叫我高芸！為什麼不喝啊？高原走她的，我們喝我們的。」說完，逕自給傅華的杯子添上了酒，然後拿起酒杯跟傅華碰了一下杯子，說：「我們也算是不打不相識了，來，這杯我敬你。」

傅華也說：「是啊，我真沒想到會跟你坐在一起喝酒。」

兩人又碰了下杯，各自喝了一口。放下杯子之後，高芸笑說：「我知道你討厭我，你覺得我這個人又傲氣又刻薄，是吧？」

傅華心說你倒是有自知之明，笑了一下說：「這我可沒說啊。」

高芸不以爲意地說：「你就裝吧。其實我這也是沒辦法，和穹集團這麼大的攤子，我這個做總經理的不端個架子出來，誰會聽你的？我要帶好這個團隊，就必須要有應有的權威。哎，有個會賺錢的爸爸是一種幸運，也是一種壓力，我如果不做出點成績來，別人會說我只會靠爸爸的。」

傅華聽了笑說：「慈不掌兵，義不掌財，這也是需要的；不過你的心理壓力可能太重了些吧？這應該是你的心態問題，同樣是高穹和的女兒，我看高原就沒有你這麼累，你看她生活的多瀟灑啊。」

高芸感慨說：「高原與我不同，我爸爸從小就拿我當接班人培養，對我要求很嚴。我的言行舉止都被我爸爸嚴格管束，很小的時候我就開始參與公司的管理了。對高原，他只是寵她，什麼都由著她的性子來，連她玩重機他都不管，這哪是女孩子玩的啊?!有時候我真是很羨慕她，爲什麼她就可以比我自由？」

傅華說：「那是你父親對你們的期待不同吧。其實你們姐妹倆各有各的精彩。高原玩車玩得很拉風，而你在商界也很成功，我相信你父親心裏肯定以你爲傲的。」

高芸聽了說：「以我爲傲？好吧，我們就爲這個乾一杯。」

高芸跟傅華碰了一下杯，然後一仰脖將杯中的酒一飲而盡。

傅華看得愣了一下，說：「你是不是喝得太猛了一點啊？這樣子喝很容易醉的。」

高芸說：「不用這麼緊張吧?就是一點紅酒嘛，我平常應酬經常這麼喝的，你不要告訴我，你一個大男人還不如我能喝啊。」

傅華說：「這點酒我還可以。」

高芸催說：「那還等什麼啊，我都已經喝了，你還不趕緊喝?」

傅華便也將杯中酒給喝了，高芸又給他添滿了酒，然後吐露心聲說：「你別看我表面上很風光，是和穹集團的總經理，未來和穹集團的繼承者，聽上去很像那麼回事。但是你不知道我爲了這些付出了多大的代價，胡東強就是這些代價的其中之一。」

傅華這時更加意識到，雖然高芸表面上說不在乎胡東強，但內心中她還是很在意的。這是高芸心裏的瘡疤，因此他不好說什麼，只有保持沉默。

高芸繼續吐著苦水說：「女人嘛，誰不想要一個自己喜歡的人作伴啊，但是我的運氣就是這麼差，註定要去接受一個自己不喜歡的人。其實胡東強那個混蛋也不喜歡我，他娶我，只是爲了我們高家的財產，娶了我之後，將來我的財產也就姓胡了。這一點上，高原的運氣又比我好，她就不用承擔這些責任。唉，我跟你說這些幹嘛啊，來，我們喝酒。」

高芸再次一飲而盡，彷彿要將心中的不滿都發洩掉似的。

傅華不禁看了高雲一眼，說：「高總，你慢點喝吧，我怎麼覺得你有點喝多了?這樣子很容易醉的。」

高芸使著性子說：「我倒是想醉，卻醉不了。再說，你們這些男人不就是想灌醉女人好占便宜嗎？別這麼婆婆媽媽的了，趕緊喝酒。」

傅華笑說：「你把男人想的也太壞了點吧？」

高芸搖搖頭說：「男人沒好東西，一個個都只想占女人的便宜！好了，別囉嗦了，趕緊把酒給喝了。」

傅華只好再陪她喝了一杯，高芸再要給傅華倒滿，傅華趕緊說：「別倒了，再喝下去，你真要醉了。」

高芸不依地說：「不會的，我心中有數。離喝醉還早著呢。來，繼續喝。」

在高芸的堅持下，兩人又喝了幾杯，傅華看高芸的臉紅撲撲的，明顯有了醉態，堅持不讓高芸再喝了。高芸卻還沒盡興，埋怨說：「你這傢伙真是沒趣，連杯酒都不敢喝。好了，不喝就不喝吧。」

出了酒店。被外面的風一吹，高芸酒意就上來了，走路開始搖搖晃晃起來，傅華不放心，怕她會跌倒，只好在一旁攙扶她。

兩人都喝了不少的酒，自然不能開車了，就把車放在酒店，傅華伸手攔了一輛計程車，扶著高芸上了車。

上車後，傅華問高芸道：「告訴我你住哪裡，我送你回家。」

高芸卻看著傅華嘿嘿的笑了笑，一隻手伸過來在傅華的手背上摸了一下，身子便軟倒下去，靠在傅華的肩膀上，嘴巴貼著傅華的耳朵說：「我今天不想回家，隨便你帶我去哪裡都可以，反正今晚我是你的了。」

傅華這才明白爲什麼今晚高芸喝酒喝得那麼猛，原來她是想灌醉自己，好放縱一下。她這樣做，可能是因爲胡東強在外面亂搞女人，她想借此報復胡東強。

傅華可不敢跟這位和穹集團的大小姐有什麼瓜葛，高穹和和胡東強都是商界的厲害角色，不是傅華能夠惹得起的；何況傅華對這位高大小姐也沒有那種想法。

看高芸醉成這樣，傅華只好打電話給高原，問她高芸的地址。高原告訴了傅華，傅華就告訴司機，讓司機先送高芸回去。

高芸看傅華這樣，知道傅華對她並不感興趣，就自覺地身子坐正了些，自嘲的說：「看來我真是可憐，送上門都沒人要啊。」

原來高芸是有幾分裝醉的，傅華也不去揭穿她，笑笑說：「你今天真是喝多了，回去好好睡一覺，有些事睡過一覺之後，酒醒了，你可能就會有不同的想法了。」

高雲沒說什麼，閉上了眼睛，也不再搭理傅華。

到了高芸住的地方，高芸家是一棟獨門獨院的別墅。傅華看高芸走路還是有些搖晃，不放心她一個人，便陪她走進家門。

高穹和正好在家，看到這個情形，和高原一起迎了上來。

高穹和立即用審視的眼光詢問道：「怎麼回事啊？」

高芸懶懶地說：「晚上多喝了幾杯，這位傅主任就送我回來了。」

高原不知道傅華早跟高穹和見過面，在一旁介紹說：「爸，這位是海川市駐京辦的主任傅華，傅華，這是我爸。」

高穹和裝著初次見面的樣子，伸出手來跟傅華握了握，說：「很高興認識你，謝謝你送小芸回來。」

傅華謝絕了高穹和讓他進去坐一會兒的邀請，另外叫了計程車回家。

回家的路上，傅華接到高芸發來的簡訊，上面說：「我相信你的裸照事件是無辜的了，想不到你還是一個君子。謝謝你沒有真的把我帶到什麼地方去，不然我還真的不知道該如何去面對我爸爸了。」

傅華笑了笑，回了一條簡訊過去：「好好睡吧，別想那麼多了。」

第五章

保駕護航

束濤質疑說：「這件事你真的不知道嗎？」

孟森說：「你懷疑是我做的？真不是，雖然我巴不得這傢伙早點死。

好了，別說這傢伙了，晦氣！

束董啊，你說這個修山置業的娘兒們什麼來頭啊，連金達都要為她保駕護航？」

海川市。

晚上十點多，蓋甫開著一輛帕薩特進了他在濱港醫院的車庫內，將車停了下來。

車內副駕駛的位置上坐著一位年輕漂亮的女人，女人瞅著蓋甫，說：「你膽子很大啊，居然敢把我帶到這裏來，不怕被你家裏的那位發現嗎？」

蓋甫油嘴滑舌地說：「這樣才刺激啊，你要知道，最危險的地方就是最安全的地方；再說，被發現了更好，我早看那個黃臉婆不順眼了，我就趁這個機會跟她翻臉，然後離婚娶你，豈不是更好？」

說著，就急色地轉頭去親女人的嘴唇。

女人笑著推開他，說：「車庫的捲門還開著呢，你不怕被人看到了啊？」

蓋甫笑笑說：「行，我把捲門放下來。」

蓋甫就用遙控鑰匙將車庫的捲門放了下來，爲了防止空氣不流通，他沒將捲門全部放下來，留了一些縫隙。這樣除非有人趴在地上看，否則沒人會看到車庫裏他們在做什麼。

這次蓋甫再去親那個女人，女人就沒推拒了，反而熱烈的回應著他，一邊解去身上的衣服。

蓋甫的手順勢摸向女人胸前高聳的部位，嘴裏含糊不清的說：「你這裏就是比家裏那個黃臉婆摸起來感覺好。」

女人粉拳輕捶了一下蓋甫的胸膛，嗔罵道：「去你的，我當然比她好了，她那麼老，年紀比我大很多好不好。」

蓋甫感嘆的說：「女人還是嫩的好啊。」

兩人的動作就越來越激烈，女人坐到了蓋甫的身上，腰部一扭一扭的動作著，還發出興奮的聲音，越發讓蓋甫心潮澎湃起來，很快就衝上了快樂的頂峰。

完事後，女人說：「誒，你答應我要讓我做護士長的，怎麼這麼久也不給我安排啊？你可不能說話不算話啊。」

蓋甫安撫說：「你對我這麼好，我怎麼會不兌現承諾呢。放心吧，這次院務會議我就會把這件事給定下來的。」

女人高興地親了蓋甫一下，說：「你真好。」說著，腰部又扭動起來，兩人不免又瘋狂了一番。這次結束，蓋甫就有些累了，抱著女人嬌嫩的身體迷迷糊糊的睡了過去。

夜越來越深，蓋甫和女人睡得越來越熟，車子沒有熄火，空調運轉著，車內溫暖如春。不知道什麼原因，車庫捲門沒降下的部分落了下來，喀嚓一聲鎖死了，而蓋甫和女人依舊在熟睡，根本就沒察覺到這一情況……

兩天後，在城邑集團束濤的辦公室。

束濤和孟森正在泡茶，孟森拿起束濤給他斟好的茶，放在鼻子前嗅了一下，說：「上品的鐵觀音，真香啊。」

束濤也端起茶杯喝了一口，說：「這是茶行老闆去南方採購茶葉的時候，特別給我帶回來的，當然香了。誒，孟董，你聽說沒有，蓋甫死了，說是跟他們醫院的一個小護士在車庫裏偷情，結果意外死在車裏。」

孟森聽了說：「死了好，這傢伙差點害死我！咦，這是什麼時候的事啊？」

束濤說：「今天早上發現的，據說已經死了兩天啦。」

孟森冷笑一聲，說：「好啊，早死早超生。」

束濤看了孟森一眼，質疑說：「這件事你真的不知道嗎？」

孟森說：「你懷疑是我做的？我跟你說還真不是，雖然我巴不得這傢伙早點死。好了，別說這傢伙了，晦氣！束董啊，你說這個修山置業的娘兒們什麼來頭啊，連金達都要爲她保駕護航？」

束濤說：「這個叫喬玉甄的女人來頭可不小，據說是前省委書記郭奎跟金達打了招呼。」

孟森聽了說：「那就難怪了，郭奎是金達的伯樂，難怪金達會這麼上心。」

束濤又說：「還不只如此，你知道和穹集團吧？」

孟森點點頭，說：「我知道，這家公司名頭很大，經常在媒體上看到他們的董事長高穹和。」

東濤說：「本來和穹集團也有意想要那塊灘塗地的，結果不知道什麼厲害角色幫喬玉甄出面勸退了和穹集團，和穹集團本來都買了標書的，迫於壓力，還是不得不退出競標。連傅華也在北京被教訓了一頓，車子被砸，人也被打。」

孟森詫異地說：「這個女人是個厲害角色啊，居然黑白兩道都吃得開，看來我們要躲她遠一點了。」

東濤笑笑說：「也沒必要躲開她，我們跟她又沒有什麼利益衝突，她來反而會給我們帶來一點財路。」

孟森不解地說：「什麼財路啊？」

東濤語帶玄機說：「那塊灘塗地必須要經過改造才能用來開發房地產，改造就需要大量的土方，這個女人總不能從北京帶土方過來吧？」

孟森聽了笑說：「這倒是，我們可以把土方賣給她，從中發一點小財了。」

海川市政府，孫守義辦公室。姜非正在跟孫守義報告蓋甫死亡一案。

聽完姜非的彙報，孫守義說：「確定死因了嗎？」

姜非點點頭說：「法醫驗屍後發現，兩人身體均呈櫻紅色，是一氧化碳中毒的典型現象，加上身上沒有任何外傷，因而認定是因爲車子處於密閉空間，引擎發動排出的一氧化碳致使他們中毒死亡的。」

孫守義點點頭，沒說什麼，他之所以問的這麼詳細，是因爲這件事發生的時間點有點不好，不久前才發生蓋甫揭發孟森的事，才幾天蓋甫就意外死了，難免會讓人懷疑，有奇怪的聯想。

姜非接著說道：「雖然死因沒什麼疑點，不過蓋甫的老婆堅持說蓋甫是被孟森給害死的，說一定是孟森找人挾持了蓋甫，然後將他和女人放在車內用一氧化碳毒死的。」

孫守義嗤之以鼻地說：「這女人想像力還真是豐富，哪有這麼巧，孟森不但挾持了蓋甫，還能去抓到濱港醫院的護士？大概連續劇看多了吧。」

姜非說：「蓋甫老婆的說法是有點不靠譜，不過她提到褚音死時的情形，跟蓋甫當初被審訊時的口供倒是一致的。」

這引起了孫守義的注意，褚音那件案子鄧子峰已經交代了不要查下去，如果因爲蓋甫的死又引出新的線索，這件事就有些麻煩了，他可不想節外生枝，讓褚音案重起波瀾。

孫守義問：「蓋甫老婆這麼說可有什麼證據嗎？」

姜非搖搖頭說：「那女人拿不出什麼證據，她說這都是蓋甫私下跟她講的，我是覺得她的說法……」

「你不要覺得，」孫守義打斷了姜非的話，他知道姜非對褚音案還是不死心，想要找機會查下去，於是說：「這女人說的也是蓋甫生前告訴她的，現在蓋甫已死，也就死無對證了，該怎麼處理你比我懂的。」

姜非明白孫守義是不想重新調查這件事的意思，心裏暗自嘆了口氣，褚音案一度因爲蓋甫招供而幾近破案，卻因爲省裏的領導施加壓力而峰迴路轉，現在破案的關鍵人蓋甫一死，這個案子再度陷入困境，幾乎沒有破案的可能了。

如果當初自己不因爲孫守義施壓釋放蓋甫，繼續追著蓋甫不放的話，這個案子可能就是另外一種結局了。這讓姜非心裏充滿了沮喪，不過事已至此，多說無益，就點點頭說：「我知道怎麼處理了。」

孫守義看得出來，姜非這話說的很不情願，他能理解姜非的心情，褚音案因爲蓋甫的死，變成了一個死案，讓姜非覺得很難向褚音的母親交代，心裏很愧疚。孫守義心說：你都當局長這麼久了，政治上還是這麼不成熟啊，你還沒覺悟嗎？這件事明擺了上面不讓查了，你還念念不忘幹什麼？這不是自討苦吃嗎？就說道：「好了姜局長，情況我都瞭解了，你回去工作吧。」

孫守義心想：褚音案因爲蓋甫的死而結束，這個結果，鄧子峰應該可以滿意了。接下來要處理的，就是修山置業和那個喬玉甄了。明天喬玉甄便會到海川參加那塊灘塗地的揭標儀式。

第二天，臨近中午的時候，喬玉甄到了海川機場。

也許是為了顯示這次招標的公正性，海川市的領導並沒有來接機，因此喬玉甄這次的海川之行也冷清了很多。這點她能理解，官場向來注重形式，即使已經確定是她得標了，但是形式上，海川市還是要顯得對參加競標的開發商一視同仁。

來接喬玉甄的是海川市招商局的工作人員，將喬玉甄送到了海川大酒店，幫她安排好房間就離開了。喬玉甄在酒店吃了午飯，然後回房間小憩了一會兒。

醒來後，喬玉甄打電話給金達，說：「金書記，我已經到海川了。」

金達笑笑說：「好啊，還順利吧？」

喬玉甄說：「嗯。您現在在哪裡，我想過去拜訪您一下。」

金達說：「我在辦公室，我派車過去接你吧。」

十幾分鐘後，車子過來接了喬玉甄，把喬玉甄送到海川市市委，金達已經等在辦公室了。

金達見到喬玉甄，高興地站起來迎接她，「歡迎你啊，喬董。」

喬玉甄跟金達握了手，環顧了四周一下，稱讚說：「您的辦公室不錯啊。」

金達笑笑說：「一般了，請坐請坐。」

兩人就去沙發上坐了下來，秘書給喬玉甄倒好茶，退了出去。

喬玉甄說：「金書記，我給您帶了點小禮物，希望您不要嫌我冒昧。」說著，將一個小盒子放在金達面前。

金達拿過來看了看，是一枝黑色的「萬寶龍」鋼筆，「萬寶龍」是德國的名牌，出產的鋼筆一向是名流紳士愛用的配備。

喬玉甄選擇它是費了一番心思的，這枝筆價位就幾千塊，並不昂貴，避免了行賄的嫌疑。而送男人鋼筆，除了表達情誼，沒有什麼特別的含意，不會讓人引起誤會，是很中性的禮物。

喬玉甄笑問：「喜歡嗎？」

金達高興地說：「很漂亮啊。」

喬玉甄笑說：「來之前，我想了半天要帶什麼禮物給您，想來想去，想到您是一位領導，要經常簽字，所以就選了這枝萬寶龍的筆，價錢並不貴，也就幾千塊，只是想表達一個心意而已。希望您可不要拒絕我啊。」

金達笑笑說：「讓喬董費心了，那我就收下了，謝謝你啦。」

喬玉甄發揮口才說：「您跟我客氣什麼啊，您能收下來我就很高興了。我已經去見過郭秘書長了，把海川的情況跟他作了彙報，他很滿意，還鼓勵我，讓我多給海川做貢獻呢。」

提起郭奎，金達對喬玉甄越發有一種親切感，問說：「郭書記的身體還好吧？」

喬玉甄說：「挺好的，精力充沛。」

金達笑說：「郭書記總是給人一種精神十足的印象。」

兩人又閒聊了一會兒，喬玉甄就提出要告辭。金達也沒做什麼挽留，將喬玉甄親自送到了電梯口，向喬玉甄主動示好說：「以後你就是海川的開發商了，有什麼問題儘管來找我吧，能解決的，我一定會幫你解決的。」

喬玉甄甜甜地說：「那我先謝謝您了，以後少不了麻煩您的。」

金達就派車將喬玉甄送回海川大酒店。

回到酒店，喬玉甄甩掉高跟鞋，疲憊的躺在床上。她對這次跟金達的見面很滿意，但是這離她要達到的目標還有很大的距離。

喬玉甄這一次是身負重任的，她還有一個大計畫，這個計畫源於對修山置業的收購，因爲賈昊出事的關係，這個計畫一度被暫時擱置，但是隨著她平安度過難關，這個計畫又被她身後的實力人物重新啓動了起來。

喬玉甄要買這塊灘塗地，其實並非真的看好這塊地的前景，她身後的背景人物可是沒耐心花幾年工夫做什麼房地產開發的，他們玩的都是炒短線的項目，之所以看中這塊沒太大價值的地，純粹是因爲這是一個可以包裝得很好的炒作題材。

首先，這塊灘塗地原本的價值不高，海川市政府對它的期待並不高，拿地的成本就會很低。炒作的先決要件，就是把一件很不值錢的東西搞成很值錢的樣子，從而吸引大眾來高價購買。

至於這塊地前期要花費的改造經費很高，這並不在喬玉甄的考慮範圍內，在她的預想中，在那塊地改造前她就會脫手的。

其次，靠海邊是這塊地最大的炒作題材。中國人對水有一種近乎癡迷的喜好，水在中國人的想法中象徵著財富。水就是財，因而靠海景的房子總是比一般的住宅貴得多。有了這個炒作題材，這塊灘塗地馬上就可以搖身一變，麻雀變鳳凰了。相對的，修山置業的股價也會隨之而起。

在購買修山置業的時候，喬玉甄和她背後人物的打算，就是把修山置業包裝一番，然後高價出手。要接手的公司也早已安排好，只要修山置業在股市上有一個亮眼的表現，接手的公司就可以順理成章的高價買下修山置業。這才是她真正買地的原因。

再出現在傅華辦公室的高芸，臉上沒有絲毫的尷尬，完全看不出那晚她裝醉想要跟傅華做什麼的樣子。傅華暗自好笑，這個女人要是在官場上混，一定也是好手，因爲越是大領導越是善於僞裝自己。

高芸一進門就說：「知道嗎，我剛剛得到消息，你的情人順利拿到那塊地了，價錢比我預期的還要低。這個女人真是有本事，那麼遠的海川市她也能玩得轉。」

傅華忙否認說：「你搞搞清楚，她不是我的情人好嗎？」

高芸無所謂地說：「隨便啦，其實我也就是那麼說說，我也不認爲你們是情人。」

傅華正色說：「這種事可不能瞎說的。你不會是專門來通知我這件事的吧？」

高芸說：「是啊。聽到這個消息我有點失落，爲了準備這塊地的競標，和穹集團做了很多的準備，也費了我不少的心血，現在不戰而退，被對手白白撿了一個便宜，心裏很不好受，就想出來找人來聊聊天了。」

傅華笑說：「我可不是一個合適的聊天對象，我對你們商業上的那些事其實是似懂非懂的。」

高芸說：「也不一定要懂，聊天就是一個感覺，我覺得應該可以跟你聊得來的。誒，你今天都在忙什麼？」

傅華回說：「我忙的都是些瑣碎的小事，早上去勸返了幾位來上訪的民眾，又去農業部送了一份資料，就忙到現在了，哪像你都在忙一些大的項目。」

高芸搖頭說：「越瑣碎的事越是難辦，也越是考驗一個人的辦事能力。再說，你也不只是在做這些瑣事吧？我記得你不是引進了好幾個大財團嗎？」

傅華笑笑說：「那可不是我一個人的功勞，是大家努力的結果。」

高芸說：「你這人倒挺謙虛的。我見過很多的官員都是拼命地往自己臉上貼金，你倒好，做了事情還不居功，很難得啊。」

傅華笑笑說：「每個人心中都有一把尺，不是你想說是自己的功勞就是你的功勞了。」

高芸認同地說：「這倒是。我透露個消息給你，我在修山置業的朋友跟我說，雖然這塊地價錢不高，但是喬玉甄也拿不出那麼多資金。恐怕她會在你們海川市的領導身上想辦法，不然她繳不出土地出讓金，還是不能開發這塊地的。」

傅華對此並不感到意外，自從他認識喬玉甄起，喬玉甄都是在憑各方面的權勢關係來打天下的，很少看到她拿出真金白銀，認真的做實業上的項目。這次喬玉甄去海川，應該也是打著同樣的算盤。

傅華看了高芸一眼，覺得高芸跟他說這些似乎別有用心，就說：「你跟我說這些幹什麼？她繳不繳得出土地出讓金關我什麼事啊？」

高芸說：「你別戒心那麼重，我們這不是聊天嘛，我說這些，只不過閒聊而已。」

傅華不想對這個話題深談下去，就說：「領導想怎麼做就怎麼做吧，我們這些做小兵的，只有按照他們的吩咐去做的份。」

兩人就這麼有一搭沒一搭的聊了一會兒，不覺就是午飯時間，傅華看高芸沒有要走的意思，只好把高原叫了來，三人一起去海川風味餐館吃了午飯。吃完飯，高芸才離開。

傅華進辦公室，剛給自己沖了杯茶，就聽到有人敲門，高芸的父親高穹和走了進來。

傅華愣了一下，說：「高董，您怎麼來了？」

高穹和笑笑說：「我有點事想跟你聊一下，不打攪吧？」

傅華趕忙說：「我現在正好沒事。請坐。」

傅華把高穹和讓到沙發那裏坐下來，給高穹和倒了茶，然後說：「高董，不知道您有什麼指教？」

高穹和說：「指教不敢，我想來跟你談談我女兒高芸。」

傅華自覺沒什麼好隱瞞的，所以老神在在地說：「高芸剛從這裏離開，不知道您想要跟我談什麼。」

高穹和笑笑說：「我就是看她走了，我才進來的。傅主任，我冒昧的問一句，你對我女兒是怎樣的看法啊？」

傅華說：「怎麼個看法？也沒什麼，感覺她就是一個女強人型的企業家，很能幹，頗有高董之風。」

高穹和看了一眼傅華，說：「你對她的印象就這些？」

傅華點點頭說：「就這些，我們認識不久，相互間並不太熟。」

高穹和說：「不過，她對你的印象倒是挺好的，這幾天在家裏說起你來，都是一副讚賞的口吻。」

傅華不解地看了看高穹和，感覺高穹和似乎別有所指，心裏就有些不悅，說：「高董，您究竟想說什麼？不妨打開天窗說亮話好了。」

高穹和聽了說：「好，那我就有話直說了。傅主任，你應該知道高芸有未婚夫的吧？」

傅華點點頭說：「我知道，不就是『天策』的少東胡東強嗎？這與我有關嗎？」

高穹和說：「你聽我說完，這個胡東強少年心性，難免有些拈花惹草的行爲，男人嘛，有幾個不風流的啊？玩到結婚後，他就會收心養性，不再玩下去了。傅主任，你也是男人，相信對此能夠理解的吧？」

傅華心說：這是你一廂情願的想法吧？胡東強那種人玩慣了，又怎麼會收心呢？你這個做父親的不想辦法幫女兒管教一下未婚夫，反而去找托詞爲他開脫，真是夠了。

傅華耐著性子說：「他拈花惹草關我什麼事啊？」

高穹和說：「是不關你什麼事，不過高芸就有些受不了了。或者這麼說吧，在認識你之前，她還能夠接受，但接觸你之後，開始有了很大的反彈，她覺得我是爲了和穹集團的利益搭上了她的幸福。」

傅華這才明白高穹和想表達什麼，他把高芸和胡東強關係處得不好的責任歸咎到了他的身上。他感覺十分無辜，就說：「高董，我想您搞錯了，我可沒有要介入高芸和胡東強的意思。您跟我說這些，還真是有點找錯人了。」

高穹和說：「我沒有搞錯，我也並不認爲你想要介入他們。不過，你能不能少跟高芸來往？高原和方士傑的事，我可以不跟你計較，他們畢竟剛認識不久，高原既然不喜歡他，可以找別人。高芸就不同了，我們兩家的關係已經確定很久了，我不想橫生枝節。所以拜託你，以後少見高芸，更不要去說一些有的沒的話。」

傅華無奈地說：「我想您誤會了，我真的沒有主動去跟高芸往來，今天也是她過來的，事先我並不知道。」

高穹和表情嚴肅地說：「我的家教很嚴的，我的女兒從來對男人都是不屑一顧，我還是第一次看她主動去跟一個男人親近。傅主任，你要知道，高家和胡家在北京都是有頭有臉的家族，我們絕不允許有人來瞎攪和，搞出一些見不得人的醜聞。」

傅華從他的話裏感受到一種強烈的警告意味，他跟高芸清清白白，連個普通的朋友都算不上，因此也不想去爭辯，就笑笑說：「高董，我想我明白您的意思了。我答應您不會

再去跟您的女兒說些什麼，但是也拜託您約束一下您的女兒，讓她不要再來駐京辦找我了，省得我在她面前哪句話說的不得體，又惹您不高興了。」

高穹和很威嚴地說：「我會儘量約束高芸的，也希望傅主任能夠信守對我的承諾，我高穹和向來是恩怨分明的。」

高穹和話裏再次露出了威脅的意味，讓傅華火氣了起來，冷冷說道：「高董，我也是說話向來算話的，答應你的事我就一定會做到。不過，這並不是因爲我怕你，一個男人需要出賣女兒的幸福來換取利益，我並不覺得您有多厲害。」

高穹和有些笑不出來了，說：「我想怎麼做是我的事，你無權干涉。」

「我也不想干涉，高董，該說的您都說了，是不是可以離開了？我要開始辦公了。」傅華下了逐客令。

高穹和說：「我馬上就走。不過我最後提醒你一次，不要再來攪和高芸和胡東強的事了，否則我絕對會對你不客氣的。」

傅華回說：「我還沒那麼無聊，請吧，高董。」

高穹和離開了，傅華真是覺得有些莫名其妙，無端被牽扯進高芸跟胡東強的事，高芸對婚約不滿，你去約束你的女兒就是了，跑來這裏說這麼一大通有什麼用啊？難道這樣就能消除高芸的不滿了嗎？這些有錢人的思維還真是讓人不能理解。

不過由高穹和對他的威脅，傅華想到了前幾天他被打的事。既然確信喬玉甄與這件事無關，那麼會不會是高穹和或胡家的人安排的呢？憑高家和胡家的能力，是絕對有辦法做到的。

傅華越發想要搞清楚打他的究竟是誰了，他撥了劉康的電話。

劉康接了電話，「傅華，什麼事啊？」

「劉董，您知道和穹集團的高穹和嗎？」傅華問。

劉康說：「當然知道了，和穹集團現在風頭正健，誰不知道啊。」

傅華問：「那你瞭解這個人的底嗎？」

劉康說：「知道一點，他是做工程出身的，你就這麼想吧，做工程的，手裏都養著一些黑社會的人，底子都不乾淨。高穹和事業能做的這麼大，這方面肯定更不用說了。怎麼，你懷疑你被打是高穹和的人幹的？」

傅華說：「我不敢肯定。那『天策』集團的胡瑜非您又知道多少啊？」

劉康笑笑說：「你問的都是一些狠角色。這個胡瑜非，父親是將軍，也是開國元勳之一。胡瑜非繼承了他父親身上那種彪悍之氣，加上又有些頭腦，算是紅二代中一個領袖型的角色。」

傅華聽了說：「那您知不知道他們兩人的關係是怎麼建立起來的啊？」

劉康想了想說：「據說是高穹和在某個項目上栽了一個大跟頭，差點就坐牢去了，是胡瑜非動用了高層的關係才幫他擺平的。事情結束後，兩家就結成聯姻關係了。」

「那您能不能幫我查一下，他們當中有沒有人跟我被打有關啊？」傅華要求說。

劉康語帶保留地說：「查是可以查，不過有點難度，你要知道，這些企業的管理很嚴，也更有隱密性，查起來很費勁的。」

傅華拜託說：「您幫我留意一下吧，我不急的。」

劉康奇怪地說：「你不是不想查下去的嗎？怎麼突然又想要查了呢？」

傅華說：「今天高穹和突然跑來駐京辦威脅我，我才想到這件事也許跟他有關，就想查看看了。」

劉康答應說：「行，我會幫你留意的。」

晚上，海川市，海川大酒店。

喬玉甄設宴請了金達和曲志霞，作爲修山置業拿下灘塗地塊的慶祝。本來喬玉甄也給孫守義發了請帖，但是孫守義說晚上已經安排了活動，不能來參加，喬玉甄只得作罷。

喬玉甄第一杯酒先敬了金達和曲志霞，感謝兩人在這次的競標中給予的幫助；第二杯酒則是說以後要在海川做項目了，希望兩位領導繼續大力支持。

金達和曲志霞各自回敬了喬玉甄，喝完，三人就不再拘於形式，邊喝邊聊著天。

喬玉甄問曲志霞：「志霞姐，你的在職博士應該快開學了吧？」

曲志霞臉紅了一下，說：「嗯，快要開學了，到時候少不了要去北京叨擾你了。」

喬玉甄趕忙說：「別說這種話，我在北京一個人很孤單，正希望你能去北京跟我作伴呢。誒，金書記，您爲什麼不也去讀一下在職博士呢？」

金達笑說：「我沒有志霞同志這麼好的精力，每天忙完，我累得馬上就想睡覺，哪有力氣去學習啊。」

喬玉甄聽了說：「那可是太遺憾了，我還想能在北京經常見到您呢。不過，您也要多注意身體啊，太累了對身體可不好啊。」

對金達這種有些古板的男人來說，適時的關心話語就能令他覺得很溫暖；這幾句話一錢不值，卻很受用。

果然，金達聽了喬玉甄關心的話後，臉上的笑容更盛了，訴苦說：「這也是沒辦法的事啊，總有一大堆的工作等著我去做。」

曲志霞也說：「我覺得玉甄說的很有道理，工作是永遠做不完的，您真是要勞逸結合比較好，要學會有效地分配時間才行。」

金達說：「這一點我就挺佩服你的，志霞同志，你能夠家庭、工作兼顧，又去學習，時間分配的這麼好，很值得我學習啊。」

曲志霞謙虛地說：「哪裡啊，我家裏幸虧有我丈夫在支撐著，才讓我可以把大部分的精力放在工作上。說起來，我虧欠我丈夫很多的，沒有他那麼支持我，哪有我今天這個樣子啊。」

喬玉甄對曲志霞的做作感到有些好笑，她猜到曲志霞跟吳傾已經有了特殊關係，一個背叛丈夫的女人，卻在別人面前大談丈夫對她的好，真是滑稽。

「志霞姐還真是一個賢妻良母啊，可惜我還沒有建立家庭，體會不到你這種被人照顧的幸福。金書記，您是過來人，應該對此感悟很深吧？」

喬玉甄這麼說，是對金達的試探，想看看金達跟妻子關係如何，再來決定她下一步要如何去公關金達。如果金達夫妻感情不好，她就可以適當的製造機會，讓金達成為她的裙下之臣。但是金達要是在她面前稱讚妻子，就說明金達是很愛妻子的，那她想收服金達，讓金達徹底為他所用，就需要費上一點功夫了。

金達還沒說話，曲志霞就插話說：「這我知道，金書記兩口子可是伉儷情深，感情很好的。前陣子他妻子不小心犯了錯誤，差點影響到金書記的前程，但是金書記依然對妻子不離不棄。說實話，金書記，這點我很服您，能做到您這樣，才算是一個真正的好丈夫啊。」

金達不好意思地說：「其實也沒什麼，我們是結髮夫妻，結婚時，我就給過她承諾的，不論發生什麼事，我都會跟她相伴一生的。」

「好感人啊，有機會您可要讓我見見您的妻子啊，看看這個幸福的女人究竟是什麼樣子。」喬玉甄言不由衷地說。

金達笑笑說：「也沒喬董想得那麼好啦，說到底我們都是平凡人，做的都是平凡的事而已。」

喬玉甄嘴甜地說：「金書記說的真是很有哲理，這可謂是平凡中見真情啊。」

嘴上稱讚著金達，喬玉甄心裏卻在琢磨著下一步要怎麼應付金達了，是不是繼續動用郭奎對金達的影響力呢？還是採用別的方式？她得趕緊拿主意，因為簽訂土地出讓協議後，迫在眉睫的就要向海川市繳納土地出讓金了。

喬玉甄手上並沒有足夠的錢，一來是因為她購買修山置業已經用掉了不少錢，再加上受到賈昊被抓的牽連，她在銀行的信譽大受影響，短時間內，很難從銀行進行大額融資。因此湊不齊的部分，就得從金達身上想辦法了。

按照她的設想，最好是能夠讓金達同意只付一部分錢，先啓動這個項目的開發，然後借炒作之機順勢拉抬修山置業的股價，然後獲利了結走人。

不過，她如果直接提出緩繳出讓金，金達不一定會同意。尤其是金達雖然欣賞她，兩人也還沒到那種親密關係的程度，她無法對金達做非分的要求。看來只剩下利用郭奎跟金達的關係這一條路了，不過，操作手法就需要做一些改變，只要善加利用，一定可以讓金達不得不同意的。

晚宴氣氛一直很輕鬆，第二天喬玉甄就要飛回北京，修山置業也已經發佈了重大公告，說公司在海川拍下一塊地塊，總價值多少，規劃這塊地要做什麼用途。緊接著，就是一些著名的證券分析師對修山置業股票的推薦，無非是前景看好，建議買入之類的。她已經委託湯言幫她操盤，這些湯言都會做好安排的。

這是喬玉甄的第一步部署，先把修山置業的股價往上提，通過這次的短炒，她可以先小賺一筆。

喬玉甄先不急著去繳土地出讓金，反而先去炒作修山置業，是因爲她看透金達一定不會沒收她的保證金。這件事再怎麼說也是金達的老領導郭奎拜託他的，金達總要給郭奎留幾分面子。從這段時間的觀察中，喬玉甄對金達的個性多少有了些瞭解，金達身上保有那種知識分子的氣質，這也決定了金達是一個死要面子的人。

這一點從金達對傅華的態度上就可以看得出來，喬玉甄看到金達故意冷淡傅華，但是卻又拿傅華這個小小的駐京辦主任沒招，就讓他對傅華的冷淡變得有些滑稽可笑了。

既然他死要面子，喬玉甄就有辦法來對付他。這個項目是在金達的支持下引進海川的，開發商也是金達帶到海川的。如果因爲開發商繳不出土地出讓金而進行重新競拍的話，金達等於是鬧了個大笑話，這個面子金達肯定是丟不起的。到時候迫於形勢，金達可能就會主動讓她緩繳。

到了北京，喬玉甄回到家，開了電腦，查看修山置業的股價。令喬玉甄意外的是，股價不升反跌，幸好跌幅不大，看來公告的效應還沒有完全發揮出來。

喬玉甄又流覽了幾個證券網站，注意到推薦修山置業的一些分析文章已經發表了，湯言也開始做了炒作的動作。相信假以時日，後續效應就會發揮出來了。

傅華也在一些經濟新聞版面上看到了吹捧修山置業的文章，大部分股民只要看到這種名嘴推薦的股票，就會跟風購買，很少有人會去注意這家公司的實際營運狀況。

不過這次喬玉甄的炒作會不會達到預期，現在還很難說，傅華知道高芸已經盯上了這支股票，如果她要對付喬玉甄，不用做別的，只要在恰當的時機公佈修山置業的財務狀況就可以了，一旦修山置業根本無力開發新項目的事曝光出去，喬玉甄前面所做的工作和努力，馬上就會付諸流水。

說起高芸，高穹和警告過他之後，傅華就沒有再和她接觸過，就連高原那裏，傅華也很少過去，他也不願意惹上無謂的緋聞。至於他被打的事，劉康還沒有打聽到任何消息，此時對他來講，凡事不動爲上。

接下來幾天，不斷有看好修山置業的報導見諸媒體，在這波宣傳攻勢下，修山置業的股價開始有了明顯的拉升，接連拉出幾次紅盤，看來喬玉甄對修山置業的炒作有加速的跡象。但是就在股民覺得修山置業要有一個不錯表現的時候，一篇題爲《修山置業真有這麼好嗎》的文章出現了。

文章對修山置業的基本面進行了分析，認爲修山置業管理架構存在許多的問題，最終的結論是這家公司根本就是體質不良的公司，從而質疑一些分析師對修山置業的分析和推薦，認爲他們建議買進，是在配合修山置業的莊家進行炒股而已。

儘管文章並沒有提出太強有力的證據，只是一些分析質疑的言論而已，但是已經引起軒然大波，現在的股民大都是慘賠收場，散戶們個個有如驚弓之鳥，紛紛出手套現，當天修山置業的股票就出現了大量的賣單，股價直接被打到跌停。

傅華感覺是高芸出手了，雖然沒有硝煙，沒有槍聲，但是兩個女人的戰爭卻已經打響了。這場戰爭，喬玉甄在明，高芸在暗，高芸手中已經掌握了致命的武器，這場戰鬥一開打，就註定了誰是失敗者了。

接下來幾天，沒有什麼新的消息，修山置業的股價仍然呈現低谷震盪的狀態。

第六章

欲壑難填

這個女人真是麻煩，本來他已經幫她低價得標了，她又提出要緩繳土地出讓金；緩繳他也幫忙協調了，這個女人一步一步想從他這裡獲取更大的利益，簡直是得寸進尺，欲壑難填。金達對喬玉甄已經從開始的欣賞變成了反感。

海川市，金達辦公室。

孫守義因爲修山置業遲遲不肯交納土地出讓金，眼見限期就要到了，他不得不跑來找金達商量這件事。如果是一般的開發商，遇到這種情況，海川市政府是有權沒收保證金，收回土地重新競拍的。但這個項目是金達支持的，孫守義不得不顧忌幾分金達的面子，就不好直接公事公辦了。

金達聽修山置業遲遲未繳土地出讓金，神情有點錯愕，不相信的問道：「真的嗎？他們有沒有說是什麼理由？」

孫守義爲難地說：「沒講什麼理由。您看這繳納期限很快就要到了，下一步我們要怎麼辦啊？」

金達想了一下說：「那就給他們發催繳通知，讓他們儘快在期限前繳了，否則後果自負。」

孫守義質疑說：「催繳通知發了之後，如果他們還是沒來繳納呢？我們是不是真的按照程序辦理呢？」

金達遲疑了一下，不好做出肯定的回答，只好說：「老孫，你先發出催繳通知再說吧，如果他們還是不來繳，我們再商量怎麼辦好了。」

金達這是留了一個活口，孫守義明白金達這是不想沒收喬玉甄的保證金，便說：「那我就按照您的指示去辦，我回去了。」

收到催繳通知書，喬玉甄的臉色十分的難看。目前她設想的部署並沒有得到完美的結果。她費了不少的力氣才讓修山置業的股價呈現上升的趨勢，但是一篇文章就直接把股價又打回了原形。

喬玉甄對這份催繳通知書又不能置之不理，於是她打電話給金達，笑笑說：「金書記啊，我剛收到了海川市的催繳通知書了。」

金達埋怨說：「喬董，你們究竟是怎麼回事啊，這麼久了，土地出讓金爲什麼還沒有匯過來啊？」

喬玉甄抱歉地說：「這件事我跟您解釋一下，我已經在盡力籌措資金了，但是還是有不少缺口，所以我才沒有及時的去交的。」

金達有些不太高興了，說：「怎麼會這樣呢，你們在競標的時候，就應該考慮到自己的資金狀況了。」

喬玉甄陪笑說：「原本是沒有問題的，可是公司有一筆到期的賬款沒有能夠及時收回，所以才產生了缺口。」

金達聽了說：「那你們準備要怎麼辦啊？期限前不交的話，海川市政府是有權將土地收回來的。」

喬玉甄說：「這我清楚，不過金書記，我確實是有特殊的情況，拜託你們千萬不要將地收回去。你看能不能這樣，我先把手頭已經湊出來的資金匯給你好不好？剩餘的部分，我會儘快籌出來的。」

金達遲疑了一下，喬玉甄提出方案倒也不是不可行，她先交一部分錢，可以表明是真的想做這個項目，這對大眾也有個交代了。就問道：「你籌集了多少啦？」

喬玉甄說：「百分之五十吧。」

金達覺得百分之五十算是還聽得過去的數字，就勉爲其難地說：「那行，就按照你說的辦吧。」

喬玉甄鬆了口氣，感激不已地說：「真是太感謝您了，您不知道爲了這件事，我真是傷透了腦筋，您真是幫我解了燃眉之急了。」

金達笑笑說：「客氣什麼啊，大家都是爲了海川好嘛。」

金達就把喬玉甄先交百分之五十的情形告訴孫守義，孫守義對此無可無不可，金達都發話了，他也沒必要從中作梗，就說：「那就按照您的指示辦吧。」

金達認爲這件事暫時算是告一段落了。但是沒幾天，孫守義再次爲這件事找到了他，說：「金書記啊，喬玉甄究竟答應先匯多少錢過來啊？」

金達說：「百分之五十啊，怎麼了？」

孫守義抱怨說：「根本就沒有那麼多，她只匯了不到百分之三十的數目進來。她怎麼會這樣言而無信呢！」

到這時候，金達還在幫喬玉甄辯解，說：「老孫，你別生她的氣，一個女人創業也不容易的，她跟我說公司發生了一些狀況，所以才會出現這種情形的。」

孫守義看出金達是要維護喬玉甄到底了，就說：「那您的意思是？」

金達說：「先這樣吧，回頭我跟她說一聲，讓她儘量快點將剩餘的部分補齊了就是。」

金達此刻已經將整體的形勢看得很清楚，他顯然不能讓喬玉甄退出這個項目，那樣很多方面他都不好交代。既然這樣，那再去逼迫喬玉甄就沒有什麼太大的意義了，還不如索性大方一點。再說，土地就在海川地面上，誰也搬不走，後續喬玉甄要搞土地開發，很多地方仍然需要海川市政府的配合，因此也不用擔心喬玉甄賴賬。

孫守義卻覺得喬玉甄有點得寸進尺了，質疑說：「我們這麼縱容開發商好嗎？」

金達緩頰說：「老孫啊，現在到處都在搞開發，能引進一個開發商是很不容易的，所以有些時候適當的給他們提供一些方便，也是應該的嘛。」

孫守義也只有無奈的說：「既然您這麼說了，那就再讓她一次吧。」

齊州，省政府辦公大樓，鄧子峰辦公室。

鄧子峰正在伏案批閱公文，孟副省長走了進來。鄧子峰看到他，說：「老孟你來了，坐！找我有事啊？」

孟副省長說：「有件事想跟省長專程報告一下，我收到了一封舉報信，感覺上面舉報的問題很嚴重，所以就拿來給您看一看。」

孟副省長就將一封厚厚的信遞給鄧子峰，鄧子峰接過來一看，信是電腦打印的，他看了兩行就看到了齊東市市長王雙河的名字，心中就明白為什麼孟副省長會將信拿給他看了，想來這封舉報信的內容肯定有涉及到蘇南的部分。

自從孟副省長透過在北京的朋友向他表示輸誠之後，這段時間，孟副省長一直都很配合，兩人的關係是處於前所未有的好狀態中。鄧子峰感覺得出來，孟副省長的配合是真心的。

鄧子峰繼續往下看，舉報信中舉報王雙河一連串的違規違法行為，包括買官賣官，收受商人巨額賄賂、包養情婦……這些都是現下官員們被舉報的基本內容。

其中也有提到齊東機場項目，檢舉信中指出王雙河利用職權，讓弟弟壟斷了機場建設的建材供應。雖然沒有點明王雙河和蘇南的交易細節，但是講的內容也是八九不離十了。

鄧子峰看得頭皮發麻，他知道王雙河肯定有問題，但是沒想到問題會這麼多，這麼嚴重。而且估計舉報人信中所列舉的這些還不是問題的全部，這可能只是王雙河違法事實的一小部分。真要查下去的話，恐怕會牽連出一大堆的人和事。

鄧子峰看了孟副省長一眼，問：「老孟，你有沒有瞭解一下這些是不是真的啊？」

孟副省長說：「我是沒有特別瞭解過王雙河的事，但是有人跟我說過他在齊東市的一些作爲，據我看這封信應該不是捕風捉影。」

孟副省長話說得很技巧，他不想給鄧子峰一個他在盯著王雙河和蘇南的印象。但鄧子峰很明白，孟副省長對舉報信上的事是一清二楚的，所以才會認爲很嚴重，需要把這封信拿給他看。

鄧子峰便說：「老孟，你認爲這件事要怎麼辦呢？」

孟副省長笑笑說：「我心中可沒什麼主意，這件事也輪不到我來拿主意，我只是想提醒省長您，舉報信既然能送到我那裡，我想也會送到中紀委那些部門去的，您應該早做準備。」

鄧子峰反問：「那你覺得我應該做什麼準備比較好啊？」

孟副省長說：「我覺得最好是能讓王雙河動一動。我看了信上列舉的這些事，還點出這麼多事證，說明這人早就盯上王雙河這個人了。我認爲舉報人很可能是王雙河身邊的人，因爲王雙河擋了他的路，他才想要搬掉王雙河。」

鄧子峰聽了說：「你是說這個人也是齊東市市政府的？」

孟副省長點點頭，說：「我認爲是，要不然他也不會熟悉王雙河這麼多事。所以如果王雙河不動的話，恐怕這個人還會不斷的寄信來，直到扳倒王雙河爲止的。」

其實在鄧子峰知道蘇南跟王雙河之間的交易後，就開始考慮要如何處理王雙河這個人了，只是要如何能夠不著痕跡的將這件事處理掉。畢竟蘇南是他老領導的兒子，他如果懲辦蘇南，將來可能就無法再跟蘇老見面了。

因此鄧子峰不想讓這件事情鬧得太大，心中就有些贊同孟副省長的建議了。把王雙和調動一下，讓他去一個不重要的閒職上待著，王雙河的政敵就會認爲王雙河的市長寶座都丟了，他們就沒有必要再來打落水狗了。

鄧子峰便說：「老孟，你想得很周到，王雙河確實需要動一動了。不過讓王雙河動的決定權可不在我這裏，要呂書記決定才行。」

孟副省長說：「我想呂書記明智的話，應該也會同意這麼做的。否則出了事，他臉上也是不好看的。」

鄧子峰說：「好吧老孟，這封信就先放我這裏，回頭我跟呂書記說說這件事。」就把信收進了抽屜裏。

照說孟副省長應該告辭了，沒想到孟副省長依然坐在那裏，並沒有要離開的意思。鄧子峰就說：「老孟，你還有事啊？」

孟副省長說：「是這樣的，齊東市的市委副書記詹鐵城對齊東市的工作很熟悉，他一直想找機會單獨跟您彙報一下，不知道您願不願意見見他？」

詹鐵城這個人算是孟副省長的嫡系部屬，曾經做過孟副省長的助手。孟副省長之所以對齊東市這麼瞭解，也是詹鐵城的功勞。孟副省長此時引薦這個人來見他，看來是想要幫詹鐵城爭奪王雙河即將騰出來的市長寶座了。

鄧子峰對此倒不反對，趁這個機會提拔一下詹鐵城，日後詹鐵城也就是他鄧子峰的人馬了。這對鄧子峰是有利的趨勢，詹鐵城只是開始，鄧子峰估計孟副省長會陸續的把本土原來忠於他的人馬引薦給他。

這是一個政壇老手聰明的做法，這些領導總有一天要從主要的位置上退下來，把自己的人脈安排給新崛起的領導，不但保證了部屬地位未來的發展，還可以借此延續自己在政壇上的影響力。

鄧子峰說：「哦，他跟你說這件事了？」

孟副省長說：「是啊，詹鐵城這個人以前跟我幹過，跟我很熟，所以才來拜託我的。我覺得他很有能力，對領導又很忠誠，是個能靠得住的人。」

鄧子峰便笑笑說：「行啊，既然這樣，我就見見他好了，讓他跟我的秘書約時間吧。」

孟副省長達到了來找鄧子峰的目的，這才站起來說：「那好，回頭我通知他。您忙吧，我回去了。」

孟副省長離開後，鄧子峰的嘴角浮起了一抹微笑，開始有一種要在東海省當家做主的感覺了。這段時間以來，他一直是受氣包的角色，上面有呂紀這個婆婆，下面有孟副省長這個不時給他搗亂的小姑，讓他真有兩頭受氣的小媳婦感覺。現在他總算把孟副省長給收服了，算是熬出頭了。

然而得意歸得意，鄧子峰並不敢忘形，畢竟呂紀這個婆婆還在，他做什麼事還是要小心謹慎一些。鄧子峰想了想，拿起電話打給呂紀。

「呂書記，您有時間嗎？我接到一封舉報信，是關於齊東市市長王雙河的，上面舉報的事情很嚴重，我覺得有必要讓您看一下。」

呂紀遲疑了一下，然後說：「你過來吧，我在辦公室。」

呂紀辦公室，呂紀看著舉報信，神情越來越凝重。看完之後，他抬起頭，有些疲倦地說：「老鄧啊，你怎麼看這封信？」

鄧子峰說：「我認真分析了一下，這些事不像是空穴來風。王雙河的問題很嚴重。」

呂紀越發皺緊了眉頭，他也認爲舉報信上的內容恐怕是真的，但是他不敢貿然啓動對王雙河的調查，深怕像之前馬艮山的案子一樣，一抓往往就是一大串，整個地級市的政府

機構差點全部癱瘓。此外，他知道中央對他並不滿意，如果這時候又鬧出一個牽連甚廣的大案，那他在東海省的日子就屈指可數了。

呂紀無奈的看了看鄧子峰，說：「老鄧啊，你看這件事要怎麼辦才好呢？」

鄧子峰反問說：「您認爲我們該怎麼辦呢？」

呂紀沉吟了一下，嘆了口氣說：「按規定是要讓紀委查辦才對，但是我們敢查嗎？只查王雙河好辦，怕的是查了王雙河，會牽扯出一大批的官員，這恐怕甚至會影響到東海省政壇的穩定。」

鄧子峰點點頭說：「我贊同您的看法，會給東海省造成很大的負面影響，所以我也認爲還是不要去查的比較好。」

呂紀聽鄧子峰這麼說，心裏鬆了口氣，說：「老鄧，我們能取得一致就好。」

鄧子峰笑說：「我跟您一直是步調一致的。那您接下來準備拿這個王雙河怎麼辦呢？」

呂紀曉得鄧子峰一定早有盤算了，便問：「你覺得我該怎麼辦呢？」

鄧子峰想了想說：「我認爲王雙河不適合繼續留在齊東市做這個市長，如果任由他繼續留在這麼重要的位置上，可能會給我們造成更大的損失。到了我們必須要拿出魄力的時候了。」

呂紀心裏彆扭了一下，王雙河是他用起來的人，他借王雙河控制著齊東市這塊勢力範圍，如果換掉王雙河，就等於失去對齊東市的控制。然而鄧子峰現在和孟副省長聯手，他就處在一個弱勢的地位，還想保住王雙河恐怕很難。

毒蛇噬手，壯士斷腕，呂紀知道他必須犧牲掉王雙河，現在的問題就是要如何去安置王雙河了。

呂紀就說：「行啊，老鄧，我也認爲王雙河不適合繼續待在齊東市市長的位置上了，讓我考慮一下，看看如何進行人員調整，到時候我們再來商量吧。」

鄧子峰看呂紀答應了他的建議，就說：「那行，呂書記，您忙，我回去了。」

呂紀一個人心情複雜的坐在辦公室裏。雖然鄧子峰表面上對他很尊重，但是呂紀可以明顯的感覺到鄧子峰逐漸顯露出來的強勢。鄧子峰本來就很難纏，現在孟副省長又和他聯手，讓他如虎添翼，呂紀已經有預感，這次王雙河騰出來的市長位置，他和鄧子峰必然會有一番角力。而他很可能會是失敗的一方。

這時金達走了進來，呂紀看到金達，憂鬱的看了金達一眼。現在鄧子峰一出手就搞掉了王雙河，下一步會不會把目標放在金達身上呢?對此呂紀還真是有些擔心。

金達是呂紀和郭奎一手扶植起來的，他們對金達的期望很高，但是目前來看，他和郭奎能幫忙金達的已經不多了。

呂紀說：「秀才，你怎麼來了?」

金達笑笑說：「我來省裏開會，順便就來看看您。」

呂紀說：「你來得正好，我有事問你，有人反映說你跟北京一個女開發商黏黏糊糊，還讓她在土地出讓金上面特別通融，給她提供了很多的優惠，有這回事嗎？」

金達趕忙解釋說：「事情倒是有，不過不像您剛才說的那樣。我可沒跟那個女開發商黏糊。至於緩繳土地出讓金，是因爲他們公司出了點狀況，資金一時周轉不過來，所以我才同意她緩繳。」

呂紀看了金達一眼，說：「可能事情真像你說的這樣，但是你不得不承認，你的行爲很不檢點，有人還說你跟那個女開發商吃過好幾次飯。秀才啊，你要明白你現下的身分，你是市委書記，海川市的最高領導，對方是個女商人，你們那麼頻繁的接觸，很容易招來物議的。」

金達感受到呂紀的心情不太好，就順從地說道：「我以後會注意的。」

呂紀嘆說：「你最好能夠注意，秀才，你要知道，我不可能保護你一輩子，你以後要儘量靠自己啊。你這個人有很多優點，不過也有一些缺點。你不善於去結交一些未來可能對你有很大助力的人，這是你的最大劣勢。在這一點上，孫守義同志就比你佔優勢，他在北京有豐富的人脈，這些人都能幫上忙的，所以我相信未來孫守義的發展肯定要比你好。」

說到這裏，呂紀語重心長地說：「你也別不服氣，我說的一點都沒錯。所以，如果你還想有所進步的話，就要把視野放大，跳出海川來看問題，否則你可能就止步於現在這個位置了。你明白我的意思吧？」

金達點點頭說：「我明白您的意思。」

呂紀教訓說：「光明白不行，還要去做。秀才，有時間多想想你的未來規劃，找機會多去結交一些能幫上你的人吧。」

從呂紀辦公室出來的金達，心裏是有些堵的，他對呂紀說孫守義的未來發展會比他好的確很不服氣。骨子裏的金達是很傲氣的，自然不甘於比別人差。但是他也不得不承認孫守義的背景比他要強大得多。看著一個本來比自己差的人有可能超越自己，這種滋味並不好受。

這時，他的手機響了起來，看看號碼是喬玉甄的，心中不由得就有點煩，這個女人真是麻煩，本來他已經幫她低價得標了，她又提出要緩繳土地出讓金；緩繳他也幫忙協調了，她也答應先繳一半，結果卻只交了三成還不到。這個女人一步一步想從他這裡獲取更大的利益，簡直是得寸進尺，欲壑難填。金達對喬玉甄已經從開始的欣賞變成了反感。只是礙於郭奎的面子，他不好把這種反感表現出來。

他皺了一下眉頭，還是按下了接通鍵，然後說：「喬董，找我有事啊？」

喬玉甄說：「金書記，您能不能幫我協調一下相關部門，先把土地使用權證給我辦出來啊。」

金達心說你果然是要給我找麻煩，你的土地出讓金只交了三成都不到，就想要辦理土地使用權證，這根本就是違規的，你這又是想讓我利用特權幫你達成目的了。

金達本來心情就不太好，加上呂紀也提醒他不要跟喬玉甄有太多的往來，就毫不客氣的拒絕道：「對不起啊，喬董，你這種情況不符合辦理土地使用權證的相關規定，我沒辦法幫你。」

金達毫不猶豫地回絕，讓喬玉甄愣了一下，撒嬌著說：「您別這樣啊，就幫我協調一下嘛。您一定有辦法的，對吧？」

金達不爲所動地說：「喬董，我已經幫你協調了不少次了，這次我真的幫不上你了。還有啊，你欠繳的土地出讓金要儘快繳清，不要再拖了。繳清後，不用我協調，相關部門就會幫你辦理土地使用權證的。好了，如果沒別的事情，我要掛電話了。」

金達說完就掛了電話，搞得電話這頭的喬玉甄呆愣了半天。心裏不由得就有些納悶，這個金達今天是怎麼了，怎麼對她這麼不客氣啊？這可怎麼辦呢？

她現在等著要用這個土地使用權證。她好不容易才找人協調了一家銀行肯發放款給她，但前提是必須要用修山置業的名義，而且必須要用可靠的資產來進行抵押，比如這塊土地的使用權證。

喬玉甄現在急需要用到這筆貸款。最近修山置業在股市上的表現嚴重不如預期，股價時漲時跌，完全沒有因爲海川這塊地的置入而帶來很大的升幅。

她感覺好像是有人專門盯上了修山置業這支股票，每每股價有點表現了，就有不利的報告或者小道消息放出來，股價再次被打回原位。使得喬玉甄的如意算盤不但打不響，還損失了不少的錢。

她不能任由這種狀況持續太久，否則就會深陷在泥沼裏出不來了，必須速戰速決才行，因此她想趕緊籌措一筆資金投入股市，大幅拉抬一下股價，然後趁高將修山置業趕緊脫手，把投入的資金回籠。

本來喬玉甄以爲金達這邊應該問題不大，沒想到這傢伙突然態度丕變，她覺得應該去海川一趟，見見金達，看看是什麼原因讓金達突然變得這麼不合作了。

傍晚，海川大廈，傅華辦公室。

傅華正準備收拾東西下班時，高芸走了進來。傅華見到高芸愣了一下，這陣子高芸都沒出現，傅華以爲高穹和管住了女兒，所以她沒再跟他接觸。

高芸笑笑說：「你發什麼愣啊，是因爲不想看見我嗎？」

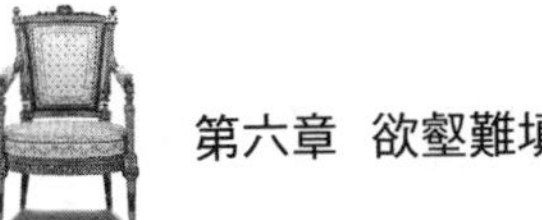

高芸是跟傅華開玩笑的，沒想到傅華居然點點頭，說：「是有點不想看到你。」

高芸抱怨說：「別給臉不要臉啊，我這樣的大美女，別人看到我高興都來不及呢，你還不想看到我。」

傅華苦笑說：「高芸，我不是在逗你玩的，能不能拜託你別在我面前出現了。」

這下換高芸愣住了，看著傅華說：「你可別告訴我，你是因爲愛上了我卻無法得到我，所以痛苦地不想看到我。」

傅華被逗笑了，說：「高芸，你的想像力可以去寫瓊瑤的小說了。」

高芸不解地說：「那是爲什麼啊，我最近又沒有得罪你。」

傅華說：「你爸爸沒跟你說些什麼嗎？」

高芸更納悶了：「我來見你，不過是朋友見面，這關我爸什麼事啊？」

傅華說：「你還是去問你爸吧。我要回家了，不留你了。」

高芸賭氣地說：「不行，你不跟我說清楚我就不讓你走。快說，究竟怎麼回事？」

傅華說：「好吧，也無所謂了，你爸覺得你跟胡東強已經訂婚了，所以不希望你跟我有什麼接觸，怕我們傳出難聽的醜聞。」

「胡說！」高芸叫道：「我跟你怎麼會傳出什麼醜聞來呢？簡直豈有此理。」

傅華心說：那晚你可是要跟我走的，要不是我守得住，說不定真的鬧出什麼醜聞來了。就說：「回去吧高芸，你爸也是好意，他不希望你的婚姻出什麼狀況。」

「什麼好意啊，」高芸氣得大叫了起來：「他是希望我爲了家族利益老實地跟胡東強那個混蛋結婚。他就忘了我也是他的女兒啊，爲什麼他就不能爲我的一生幸福考慮考慮呢？」

傅華注意到高芸的眼圈紅了，就把桌上的紙巾盒推到高芸面前。

高芸瞪了他一眼，說：「你是不是巴不得我大哭一場啊？」

傅華無奈地說：「我只不過是不知道該跟你說些什麼而已。」

高芸恨恨地說：「其實我還真的想大哭一場，我真的很苦命，前面明明是個火坑，我還不得不跳。如果我不跳，後面還有人等著把我往火坑裏推，這人不是別人，竟是我自己的親生父親。」

高芸強忍著眼淚，終究還是沒讓眼淚掉下來。

傅華開玩笑說：「我還以爲你會痛哭失聲呢。」

高芸說：「我不哭你很失望嗎？」

傅華笑說：「是有點，我還沒見過女強人哭，原本還希望今天能開開眼界呢。」

高芸被逗得笑了起來，罵道：「滾一邊去，你這傢伙從認識我開始，就老想看我出醜，簡直是有點變態。」

傅華說：「好了，你笑了就好，還是快回家吧，別惹你父親來找我算賬。」

高芸說：「你害怕了？」

傅華搖搖頭說：「怕是不怕，只是我很冤枉，明明跟你沒什麼的。」

高芸故意說：「這麼說你還想有點什麼了？」

傅華連連擺手，嚇得說：「沒有，一點都沒有。」

高芸取笑說：「傅華，我有時在想，你這人是不是不正常啊，我總算是個美女吧，你對我居然沒想法，是不是某些方面有問題啊？」

傅華趕忙說：「喂，這種話可不能亂講啊。重點是有些人是不能隨便招惹的，你爸可是嚴重警告我了，我真的不想惹麻煩。」

高芸說：「別把自己說的那麼可憐，我看你還有心思逗我笑，應該沒那麼在意我爸吧。」

傅華正色說：「不是，我真的不想惹麻煩的。誒，高芸，說到這裏，我倒想要問你一件事，你們和穹集團或者胡東強家有沒有養一些黑道上的人啊？」

高芸愣了一下，說：「你什麼意思啊？你在懷疑什麼？哦，你是在懷疑那晚你被打是與和穹集團或者天策集團有關？」

傅華點點頭，說：「是的，我在腦子裏再整理了一下最近認識的人，算來算去，感覺只有你們高家或者胡家有這個能力搞出伏擊事件來。」

高芸沉吟了一下，說：「我們和穹集團和天策集團是不可能去養一些黑道的。但是這兩個公司都有專門的保安部門，保安部門的人員來歷很雜，我也不敢肯定不是他們找人打你的。這樣吧，我會幫你留意一下的。」

傅華點點頭說：「謝謝你啦。」

高芸不禁問道：「你現在還在調查這件事嗎？」

傅華點點頭說：「是的，我總不能被人白打了吧？如果被我查到是誰幹的，我會對他不客氣的。」

高芸笑說：「你這話說的倒是挺有魄力的，但是你要怎麼不客氣啊？難道也去打他一頓？」

傅華說：「我不打人，但是我會讓他給我一個交代的。」

高芸用懷疑的眼神看了看傅華，說：「我看你好像很有底氣的樣子，真不知道你會有什麼辦法讓他給你一個交代。」

傅華賣著關子說：「你就不用知道了。時間不早了，你該回家了。」

高芸卻說：「別急嘛，你還沒問我今天爲什麼會過來找你呢。」

「爲什麼啊？」

高芸說：「我今天在股市上小有斬獲，就想找你出去慶祝一下。」

傅華猜說：「你在賺喬玉甄的錢？」

高芸得意地說：「她送錢給我賺，我能不賺嗎？」

傅華提醒說：「你別太得意了，喬玉甄不是你想的那麼容易對付的。」

高芸不以為意地說：「管她呢，反正我也沒想藉這件事賺錢，我就是想給她添添堵罷了。誒，你不會是替你的情人擔心吧？」

傅華駁斥說：「跟你說她不是我的情人了。好了，我已經知道你是為什麼來的了，趕緊回家吧，別讓你爸在家擔心了。」

高芸哼了聲說：「他現在不知道在哪裡跟人家應酬呢，這個時間他絕對不會在家的。傅華，就陪我吃頓飯吧，頂多我們小心點，不讓人發現就是了。」

傅華笑說：「何必呢，為了吃頓飯搞得跟做賊似的，值得嗎？」

高芸說：「這不是值不值得的問題，而是我不想聽任我爸擺佈的問題，憑什麼他可以在外面風流快活，我跟朋友正常接觸一下他就要來干涉啊？我才不理那一套呢。」

傅華笑笑說：「你不理可以，可是到時候挨打的是我。我的車子費了好大勁才修好的，我可不想再被砸了。」

高芸說：「你那車還能開嗎？要不我送你一輛好了。」

傅華拒絕了，說：「憑什麼要你送啊？再說，如果我拿了你的車，你父親還不扒了我的皮呢！」

高芸笑說：「我是因為剛才你這麼一分析，覺得你被打可能與我有關，所以想送你一輛車補償你一下嘛。」

傅華笑說：「沒必要了。」

高芸也不堅持，說：「你不要就算了。走吧，我們找地方吃飯去吧。」

「我答應你了嗎？」傅華打趣說。

高芸笑笑說：「好了，我已經跟你費了這麼半天口舌了，你再不去，可就太不給面子了。」

傅華沒辦法，只好說：「好吧好吧，不過先說好，今晚不能喝太多酒，我可不想再送你回家了。」

高芸保證說：「不會了，我那晚是心情不好嘛。誒，你不用打個電話給你的妻子報備一下啊？」

傅華說：「這倒不用了，她今晚有應酬。說起來還真是應該感謝胡東強，都是被他的天價鬧的，搞得我老婆現在比我的應酬還多。」

高芸笑說：「我怎麼覺得你有點怨婦的味道啊。切，就准你在外面應酬，我們女人在外面應酬就不行了？你這種大男人主義也太過分了吧？」

傅華面帶無奈地說：「我就知道你這種女強人會這麼說的。」

兩人就在附近找了一家乾淨的酒店，要了一個雅間，隨便點了些菜，開始吃了起來。因爲傅華有言在先，高芸就沒喝酒，開了罐可樂。她端起可樂對傅華說：「來，我敬你，感謝你能夠賞臉，陪我吃這頓飯。」

傅華笑了：「吃頓飯而已，需要特別感謝嗎？」

高芸正經地說：「需要的。傅華，我不知道你有沒有那種感覺，雖然身邊圍著一大堆的人，甚至還有家人在旁邊，卻感到心中特別的孤單，好像世界就只剩下你一個人，那時心中的那種悽惶真是難以言喻。」

傅華點點頭，頗有同感地說：「有時候我也會有這種感覺。咦，你不是說你今天賺了錢很高興嗎？」

高芸說：「是啊，今天收盤的時候，我算了一下自己的盈利，感覺真是很高興。但是一聽到你說我爸去警告你不要跟我來往時，心情馬上就壞了。心想我就是賺再多的錢也沒有意義，我一樣要嫁給胡東強，去過那種男人不愛我的怨婦生活。」

傅華笑說：「別的我不敢說，但我敢說不管怎麼樣你一定不會是怨婦的，你個性這麼強，一定會有辦法讓自己過得快樂的。」

高芸深深地看了傅華一眼，說：「想不到你還挺瞭解我的，我是不會去默默忍受胡東強的。誒，傅華，你說如果我提出跟胡東強解除婚約會怎麼樣？」

第七章

池邊春夢

他手裏的書掉到地上，原來是南柯一夢。

傅華臉上有些發燙，他怎麼會夢到高芸，還做那種夢，難道他真的對高芸有什麼想法嗎？

不，一定是晚上跟高芸分手時，高芸抱了他一下，才讓他做了這種春夢的。

傅華趕忙擺著手說：「這個你千萬別問我的意見，你爸警告過我，不讓我說一些有的沒的。」

高芸催促說：「我又不是讓你幫我決定，只是你幫我推測一下會產生什麼樣的後果而已。」

傅華想了想說：「首先我覺得胡東強肯定不會同意的，其次，你父親也不會同意，所以如果你提出解除婚約，你在兩家中都會變得很尷尬。所以如果你沒十分的把握，最好不要貿然的提出要解除婚約。」

高芸點點頭，說：「我也是這麼想的。胡東強為的是我家的財產，而我父親則是因為他對胡家有承諾在，基本上，他們會同意我解除婚約的可能性極低。哎，看來我只有認命了。」

傅華有些可憐高芸，勸慰說：「你也別想太多了，有些事情不去想，就不會有那麼多的煩惱。誒，你準備跟喬玉甄鬥到什麼時候啊？」

高芸說：「你不用擔心你的情人，我就是想狙擊她一下而已，我和穹集團還有一大堆事要處理，哪有時間整天耗在股市上啊。我猜測喬玉甄最近可能要有大動作了，這次我準備搭她的順風車，狠賺一把就跟她一起撤出來。」

傅華愣了一下說：「你是說喬玉甄很快就要從修山置業撤出了？不會吧，她不是才剛剛收購的嗎？」

高芸說：「她不快點退出，難道要留在股市裏等著賠錢嗎？有些股票就是靠炒作出來的，一個題材能用來炒作的時間不會太長，喬玉甄也知道這一點，所以她絕不會停留在修山置業這個公司太久的。我調查過她，她很少做長期的投資計畫，因此也不會去搞什麼海景房開發的，那只不過是一個炒作的噱頭而已。」

傅華佩服地說：「想不到你對喬玉甄瞭解的這麼透澈。誰成為你的對手，誰就要倒楣了。」

因為沒有喝酒，這頓飯就吃得很快。吃完，兩人從酒店裏出來，走向轎車。

傅華先走到他的車旁，掏出鑰匙要開車門。這時高芸從後面喊了一句：「傅華。」

傅華就回過頭去看高芸，說：「怎麼，還有事啊？」

高芸伸出手來，說：「我想謝謝你今晚陪我吃這頓飯。」

傅華笑笑說：「需要這麼客氣嗎？」

「需要的。」高芸手還伸在那裏，傅華就也伸手去握了握高芸的手，說了句「真的不需要了」，就想鬆開高芸的手。

沒想到高芸整個人順勢過來緊緊地抱住了傅華，傅華一下子僵在那裏，推開也不是，不推開也不是，真是尷尬得很。

高芸溫熱的身體在他的懷裏微微的顫抖著，在他耳邊說：「你不要害怕，我沒別的想法，就是想抱你一下，我心裏真是很孤單的。」

傅華就更不好去推開高芸了，只好被高芸抱著。

過了幾分鐘後，高芸鬆開了他，手不經意的去拭了一下眼角，似乎偷偷流過淚。傅華心中也有些淒涼，但是有些結不是他能打開的，高芸的麻煩只有她自己下決心去解決，別人幫不了什麼忙。

高芸衝著傅華說：「傅華，你真是個好人，謝謝了，現在我感覺好多了。」

傅華了笑說：「不用客氣，再見了。」

高芸點點頭說：「再見了，回去做個好夢吧。」

傅華說：「你也一樣。」

高芸開玩笑說：「那我可能會夢見你哦。」

傅華說：「別開這種玩笑了，趕緊走吧。」

回到家，鄭莉還沒回來，傅瑾在保姆的看護下已經睡著了。傅華就洗了個澡，然後靠在床邊看書，看了一會兒，不覺睏意上來，就睡了過去。

他穿著一條泳褲，躺在一個大躺椅上，太陽曬得他渾身暖洋洋的，昏昏欲睡。這時，一個美女穿著三點式的泳衣從前面的泳池裏上來，走到他身邊，嬌嗔的拍了他的胸膛一

下，說：「幹嘛啊，你是來游泳還是來睡覺的啊？」

傅華睜開眼睛，看到女人嬌嫩的肌膚上還帶著晶瑩的水珠，讓人感覺特別的甜美。他拍了女人圓渾高翹的屁股一下，笑說：「你游你的，管我幹嘛，我有點睏了，想睡一會兒。」

女人說：「不行，我要你陪我一起游，起來。」女人說著就來拖傅華。

傅華笑著打開了她的手，說：「別鬧了，我真的很睏。」

女人堅持說：「不行，我就要你陪我，快起來。」

女人就又來拖傅華，傅華掙扎著不想起來，兩人就拉拉扯扯打鬧起來。傅華一把將女人拉到躺椅上，也不顧女人濕漉漉的身子，緊緊地抱住了女人，不讓她動彈，說：「乖，就讓我睡一會兒，睡醒了我就陪你游。」

女人說：「好吧，我讓你先睡一會兒。」就乖乖地任由傅華抱著。

傅華一開始還閉著眼睛老實的抱著女人的身體，可是不一會兒，他感受到了女人身體的溫熱，身體自然的就有了反應。

女人也感受到了他的變化，湊過來貼在他耳邊說：「你這個壞蛋，又想做壞事了吧？」

傅華笑了起來，看著女人說：「難道你不想嗎？」

女人故意扭過頭去，說：「不想。」

傅華笑說：「不想才怪呢。」然後就去親吻女人的耳後，女人在他懷裏像蛇一樣的扭動著，嬌喘吁吁的說：「別鬧了，被爸爸看到就不好了。」

傅華說：「他在睡覺呢，管他呢。」就伸手去背後將女人泳衣背帶解開，開始親吻著女人嬌嫩的肌膚，再掠過高聳的山峰，在峰尖上徘徊了一會兒，然後順勢而下，掠過平原，然後到了那片芳草萋萋的所在……

女人的嬌軀扭動的更加厲害了，她伸手捧住了傅華的臉，撫摸著傅華的耳朵，嘴裏發出激動的聲音。不一會兒，兩人就徹底的融合在一起……

「混蛋，你竟敢在我家裏這麼做，當我是死人啊！」

傅華耳邊忽然暴響起一個男人的怒吼，遠處扔過來一根鐵棒，啪的一聲砸在躺椅上，險些沒砸到他們兩人的身上。

緊接著，傅華就看到一個男人怒氣沖沖的直奔他而來。這個男人居然是高穹和，傅華嚇得心裏一顫，趕忙低頭去看懷裏的女人。

這一刻，女人微笑的臉清晰的呈現在他的面前，居然是一絲不掛的高芸，他一聲大叫，身子一抖，人就醒了過來。

睜開眼睛一看，燈光明晃晃的，他手裏的書已經掉到了地上，原來竟然是南柯一夢。

傅華將書撿了起來，臉上有些發燙，他怎麼會夢到高芸了，還做那種夢，難道他真的對高芸有什麼想法嗎？

不，一定是晚上跟高芸分手時，高芸抱了他一下，才讓他做了這種春夢的。

傅華看看時間，已經十一點了，鄭莉還沒回來，心裏有點不滿又有點慶幸。還好鄭莉不在身邊。

傅華繼續邊看書便等鄭莉，又過了半個小時，傅華才聽到開門的聲音，鄭莉走進臥室，看到傅華在看書，就說：「還沒睡啊？」

傅華有點不滿地說：「小莉，怎麼這麼晚？」

鄭莉歉意的說：「跟他們聊得高興，一時就忘了時間了。不好意思啊，下次我會注意的。好了，我去洗澡了。」

鄭莉洗完澡，鑽進了被窩。傅華剛做了春夢，此刻的身體正躁動著，他關了燈，伸手去撫摸鄭莉，沒想到鄭莉疲憊地說道：「老公，我真的很累了，睡吧。」

傅華頓時有些掃興，收回了手，躺在床上翻來覆去好長時間睡不著。

最近鄭莉都很忙，晚上的應酬也多，他們已經很久沒有享受親密的接觸了，難怪他會做那麼奇怪的夢，也許是他欲求不滿，身體想要得到慰藉的原故。

早上起床時，傅華哈欠連連，他一晚上翻了好久才睡著。

洗漱一番之後，坐到餐桌上，鄭莉已經在吃早餐了。看到他過來，問說：「昨晚沒睡好啊？」

傅華說：「是啊，小莉啊，我不不反對你出去應酬，但是你是不是也爲這個家想一想啊，我看你現在的應酬比我還多啊。」

鄭莉陪笑著說：「沒辦法，最近事情真的太多了，讓我有點應接不暇。等過了這段時間就好了，到時候我給自己放個大假，好好陪陪你和兒子。」

傅華埋怨說：「你的『這段時間』已經很久了。」

鄭莉忍不住說：「老公，我也想衝刺一下事業啊，以前我的服裝事業總處於一種不上不下的狀態，好不容易有機會引起注意了，你總得讓我努力一下吧？」

傅華說：「那也不能連家都不顧吧？小莉，我們現在過得也不差，何必要把自己搞得那麼辛苦呢？我覺得你還是收收心，回來多照顧一下兒子吧。」

鄭莉有些不高興了：「老公，你不覺得你很自私嗎？你忙起工作來的時候，也是應酬到很晚才回家的，怎麼我就不行呢？」

傅華辯解說：「可是我們應該內外有別的啊。」

鄭莉生氣地說：「什麼內外有別啊，家裏的事我也沒有什麼地方沒處理好啊？」

傅華說：「可是有些事你忙起來就顧不得了，就像我們好像已經很久沒有溫存了。」

鄭莉不滿的說：「我知道你昨晚想要，但是我真的很累啊，你應該體諒我的嘛，有必要這麼小題大做來指責我嗎？」

傅華也不高興了，說：「什麼叫小題大做啊？你知道這樣子是很傷害……」

「好了好了，」鄭莉打斷了傅華的話，說：「你的意思我明白了，我們回頭再討論這個問題好嗎？我要趕緊走了，我還約了人見面的。」

鄭莉說完就匆匆忙忙的走了，留下傅華一個人黑著臉吃完了早餐。

在海川大廈門口，他遇到了高原。

高原看著傅華笑說：「這是怎麼了，一大早就板著個臉，誰惹你了？」

傅華笑笑說：「沒有了，昨晚沒睡好。」

高原打趣的說：「想哪個美女了沒睡好？」

傅華臉一熱有點心虛，趕忙說：「別開玩笑了，我有什麼美女可想的啊。」

到了辦公室，傅華剛坐下，手機就響了起來，是高芸打來的，傅華猶豫著要不要接這個電話。

想了想，還是忍不住接通了，高芸開口就說：「這麼久才接電話，我還以爲你被我爸嚇得不敢接我的電話了呢？」

傅華說：「沒有，剛剛才聽到而已。有事啊？」

高芸笑說：「就是想跟你說一件事，你知道嗎，我昨晚真的夢到你了，在我家的泳池邊。」

傅華差點驚訝的叫出來。

高芸聽傅華半天沒說話，問道：「傅華，你怎麼不說話啊，也不問我夢到了什麼，是不是你也做了什麼夢了？」

傅華掩飾地說：「沒什麼，只是覺得很巧，你昨晚說會夢到我，結果就真的夢到我了。」

高芸幽幽的說：「是啊，是很巧，我長這麼大，還是第一次夢到身邊的朋友。」

傅華感覺高芸似乎是在跟他表白，冷處理地說：「可能是我們最近接觸的比較多吧。看來我們要儘量減少見面比較好。」

高芸有些哀怨地說：「你會真的因爲害怕我父親而不敢跟我見面嗎？」

傅華暗示說：「不完全是因爲你父親，而是我是無法給你你想要的東西，所以還是不見的好。」

高芸感慨地說：「是啊，我覺得我像是在錯誤的地方、錯誤的時間卻遇到了對的人。好吧，相見爭如不見，我們還是不要再見了吧。」

高芸就掛了電話，傅華感受到她話語中那種淡淡的憂傷，

她這句話源自宋代司馬光的「西江月」：「寶髻鬆鬆挽就，鉛華淡淡妝成，青煙翠霧

罩輕盈，飛絮游絲無定。相見爭如不見，有情何似無情。笙歌散後酒初醒，深院月斜人靜。」意思是見後反惹相思，不如當時不見；人還是無情的好，無情就不會爲情而苦。

傅華沒想到高芸對他居然會有這種感情，如果真是這樣的話，他們真的還是不要再見的好。這不光有高穹和對他的警告的成分，傅華已婚的身分更無法去回應這份感情，只能選擇回避了。

海川，市委辦公大樓，金達辦公室。

金達聽秘書說喬玉甄來了，問他見不見，心裏遲疑了一下。有心想不見，又感覺好像對郭奎交代不過去，就示意秘書讓喬玉甄進來。

一會兒，秘書就帶著喬玉甄走了進來。金達客套地說：「喬董，什麼時候到海川的？」

喬玉甄跟金達握了握手，明顯地感受到金達對她不如以前那麼熱情了，想來她在土地出讓金上面一再打折扣，讓金達對她有所不滿。便說：「今天剛到，就直接來找您了。」

金達說：「喬董，我知道你這次來找我是爲了什麼，但是我恐怕要讓你失望了，有些事是原則問題，不能因爲我是市委書記，就可以濫用特權的。」

喬玉甄暗想：說得好聽，你不是因爲郭奎的關係，幫我圍標，將地價壓得很低嗎？那時候你怎麼不講什麼原則了？現在因爲對我不滿所以才跟我打這種官腔！

對金達的態度，喬玉甄是早有心理準備，她沒有什麼好招數可使了，用錢收買肯定不行，金達也不是什麼好色之徒，她唯一能打動金達的就是人情，採取哀兵政策，大談她的難處，喚起金達的同情心。只是這份人情被她用的有點透支了，就怕沒有那麼大的作用了。

喬玉甄先自責地說：「您不願意幫我，我能理解，我自己也覺得很不應該，您已經幫了我那麼大忙了，我還一再向您提出新的要求，實在是很貪得無厭。我要跟您認真的說聲抱歉，對不起。」

喬玉甄一開口就先承認錯誤，反而讓金達有些不好意思了，他乾笑了一下說：「也不是了，我知道你也有你的難處的。」

「是啊，我也有我的難處，」喬玉甄楚楚可憐地說：「我發現您真是很能體諒人。唉，一個女人要想做點事真是難，總有這樣那樣的麻煩等著我。不怕老實跟您承認，這次的事情搞得這麼糟，其實還是我的能力有限，對企業的掌控能力不夠。原本我早就籌集好了土地出讓金，準備協議一簽就把錢繳清的。」

說到這裏，喬玉甄眼圈紅了一下，一副很難過的樣子。她把頭扭到一邊，表情生動地說：「但是計畫趕不上變化，我都已經準備好要把錢匯過來了，我手裏其他的公司接二連三的發生狀況，我不得不把資金先調過去解決那邊的問題，這就造成了我無法兌現對您的

承諾。」

金達注意到喬玉甄眼圈中還真的有了淚光，不知道這個女人是表演給他看的，還是真的感到委屈。

「您心裏是不是覺得我很無賴啊？」喬玉甄接著說道：「哎，這也怪我，我沒那麼大的能力，卻偏要去攬這麼多事，結果自然是把事情搞得一團糟了。」

看喬玉甄自責懊悔的樣子，金達憐香惜玉的毛病又發作了，不禁責怪自己，明明可以幫喬玉甄解決問題的，爲什麼偏偏要跟她計較，不去幫她的忙呢？

金達說：「喬董，你言重了，我沒覺得你無賴什麼的，一開始我就跟你說了，我能體諒你的困難。」

喬玉甄搖搖頭說：「不是的，責任就是在我，這也是因爲我個性上的問題，我這個人自小就好強，做什麼都不甘人後。你可能還不知道吧，我原本家境還不錯，但是在我很小的時候家道中落，很多人都冷眼看我們家，那時候我就發誓我一定要混出個名堂給他們看看。」

「原來喬董還有這麼一段歷史啊。」金達感嘆的說。

金達也是個性要強，不甘人後的人，喬玉甄這麼說，立即喚起他心中相同的情緒。

喬玉甄笑了笑說：「不怕您見笑，以前我也餓過肚子，睡過馬路呢。爲了生存，什麼辛苦的工作都得做。有一次我躲在廁所裏大哭了一頓，跟我同齡的人可以躲在家人懷裡尋求安慰，而我卻只能獨自飲泣。」

金達感慨地說：「人都有困難的時候，就像我，也曾經遇過很大的困境，當時也是孤立無援，只有靠自己硬扛下來。」

喬玉甄聽金達同情的語氣，心中暗喜，她費了半天口舌，就是想喚起金達對她的同情，只要金達對她產生同情，那土地使用權證的事就好辦了。現在金達被她引導著想起自身經歷，明顯有同情她的跡象了。

喬玉甄繼續說道：「我不相信您這麼有才能的人也會遇到挫折？」

金達笑說：「其實官場和商場差不多，人都有不順的時候。我也是個很平凡的人，也會遇到瓶頸的。」

喬玉甄聽了說：「不過您還是挺過來了，我相信憑您的才能，將來仕途一定會一片光明的。」

金達卻搖搖頭說：「什麼仕途一片光明啊，不行啦，我已經摸到天花板了，我在北京沒人關照，到我這個層次已經很難再進一步了。」

喬玉甄眼睛亮了，她終於找到能夠打動金達的辦法了。金達好的不是錢，也不是色，而是權力。他想要往上升，但是缺乏助力，被卡在市委書記這個關卡上。

她希望能找到幫他打破這層天花板的助力。她在這方面是有資源的，她可以請朋友幫金達上一個臺階。

喬玉甄就笑笑說：「說起這個來，我倒是可以幫您，我做生意這麼多年，唯一的好處就是結交了不少的朋友，在北京有幾位領導跟我的關係很不錯，有機會的話，我幫您引薦一下？」

金達猶疑了一下，也有點意外，喬玉甄居然願意幫他突破現狀，他一時有點反應不過來。

喬玉甄看出金達的猶豫，便說：「您不要以爲我這是想要跟您交換什麼。我這麼做，純粹是感覺您確實是一位很有水準的幹部，如果僅僅因爲沒有人事關係，就不能再往上，是很令人惋惜的。再來，您之前也幫了我很多的忙，我一直找不到合適的機會向您表示謝意，這就當我向您表達謝意了吧。」

「你真的能夠幫我這個忙？」金達有些不敢相信地說。天上難道真的會掉餡餅下來？

喬玉甄甜甜的笑了起來，說：「您應該知道謝精省副部長吧？」

金達眼睛瞪圓了，這個女人果然很有能力啊，謝精省是中央負責組織工作的常務副部長，雖然不是正職，但是要想影響下面副省級幹部的任用，是很有權力的。

金達不敢置信地說：「喬董認識謝副部長？」

喬玉甄笑笑說：「其實我最先是認識他的夫人，承他夫人看得起，邀請我去他家吃過飯，這才跟謝副部長熟悉起來，算是在他面前說得上話，引薦您認識他還是可以的。」

「原來是這樣子，那你什麼時候能幫我安排一下，讓我去拜訪他啊？」金達激動地問。

喬玉甄說：「這個現在我可不敢答覆你，要等我先跟謝副部長透一下話，他答應了我才敢安排的。」

金達點了點頭，這種高級領導的確是需要先溝通一下的。

喬玉甄又說：「我想應該是沒什麼問題的，我跟他們夫妻倆都挺好的，又從來沒求過他什麼事，總不會第一次張嘴就被他頂回來吧？所以您就等我的電話，只要他說沒問題我就會安排您見他的。」

金達感激地說：「那讓你費心了。」

喬玉甄不當回事的說：「您跟我客氣什麼，您也幫了我不少忙啊，我爲您做點事也是應該的。」

既然喬玉甄話都說到了這個份上，也到了金達該作出表態的時候了，就說：

「喬董，你說的那個土地使用權證的問題，我不是不想幫你，主要是這件事需要政府同意才行。但是因爲你們繳納出讓金一再的出問題，孫市長對此很有意見，對你們修山置業就有點排斥。所以我不好做主答應你什麼。」

喬玉甄一副理解的口吻說：「您不用爲難，我一開始就跟您說了，我幫您並不是想跟您交換什麼的。」

金達釋出善意說：「不過，我還是可以幫你做做孫市長的工作的，畢竟你是老領導介紹來的，如果不把你的事徹底解決了，我也不好跟老領導交差不是？你就先回北京吧，海川這邊等我協調一下，會幫你辦好的。」

喬玉甄說：「那我就先謝謝您了。」

至此雙方算是達成了某種默契，喬玉甄也達到了她這次來海川的目的。

送走喬玉甄，金達回到辦公室。困擾了他幾天的問題終於看到解決的曙光了，他很想笑一下，但是咧了咧嘴，卻發現自己笑不出來。

他爲了升遷，打破了他堅持多年的底線，他也掉進了這個官場大染缸，染上他原本不想被染的顏色。他不再能問心無愧了。

第二天開完書記會，金達將孫守義留了下來，原本他可以越過孫守義跟相關部門打聲招呼，把土地證給辦了的，但是他擔心不知會孫守義一聲，孫守義會感到不高興。他說：

「老孫，有件事我想跟你商量一下，修山置業想要我們先幫他們辦那塊地的土地使用權證，你看是不是幫他們處理一下？」

孫守義皺著眉頭說：「金書記，他們只交了百分之三十都不到的土地轉讓金，就想要辦理土地使用權證，這可不符合相關的規定。」

金達點點頭，故作爲難地說：「這我也知道，原本喬玉甄提出這個要求時，我也把她頂了回去，不過郭書記又找了我，我就不好再拒絕了。」

孫守義聽是郭奎的要求，信以爲真，就說道：「我明白了，行，我會跟相關部門說一聲的，讓他們變通一下，幫他們把土地權證給辦了。」

金達一副不得已的樣子說：「謝謝你了老孫，我真的是不好駁老領導的面子啊。」

孫守義笑笑說：「我理解。」

孫守義走後，金達就打電話給喬玉甄，說：「喬董，我剛跟孫市長溝通過了，他同意會先幫你辦好土地使用權證的，所以回頭你安排人過來辦證吧。」

喬玉甄高興地說：「那真是太好了。您的事我也跟謝副部長問了一下，謝副部長說下禮拜他都在北京，您看是不是能安排來一趟北京，跟他見面呢？」

金達沒想到喬玉甄的效率這麼高，這麼快就安排好他見謝精省的事，一下子有些措手不及。他雖然很急切地想要見到謝精省，但是見了謝精省他要說些什麼？要怎樣才能給謝精省留下一個好印象？還有，他要準備什麼樣的禮物才不會失禮？

金達從來沒做過這種事，腦子裏就有點懵了，好半天才說道：「喬董，我下周是可以找個理由去北京的，但是我拿什麼去見謝副部長啊，還有，我見了他都說些什麼啊？」

喬玉甄笑了起來，說：「這您還需要問我啊，您在這方面應該經驗比我豐富吧？」

金達不好意思地說：「我還真的沒這方面的經驗。」

喬玉甄想了一下，說：「這樣吧，禮物你就不用擔心了，我幫你準備；至於說什麼，隨機應變吧，我想謝副部長不會沒話題跟你聊的。」

金達聽了說：「還要你幫我準備禮物，那怎麼好意思啊，要不這樣吧，需要多少錢你跟我說，我回頭帶給你。」

喬玉甄笑說：「你能出多少錢啊？」

金達心裏就沒底了，他聽說過外面傳言買官的價碼，據說買一個縣長幹需要五百萬，那要是買一個副省長得多少錢啊？

金達很清楚這筆錢他是出不起的，但是他讓喬玉甄幫忙辦這件事，總不能一點表示都沒有，於是說：「我們夫妻倆這些年攢了一點，大概有二十多萬，你看我帶過去夠嗎？」

喬玉甄心想也太寒酸了點，這二十多萬家底估計是金達夫妻工作多年攢下來的，看來這傢伙還真是表裏如一的清廉。就說：「想不到您還挺有錢的呢，不過不用了，我幫您安排的禮物花不了幾個錢的，禮物不一定要多貴重，是要看對方喜不喜歡。我知道謝副部長喜歡什麼，你就讓我來安排吧，好嗎？」

金達說：「這怎麼好意思啊，你幫我的忙，我已經很感激了，再讓你往裏貼錢，我會覺得不安的。」

喬玉甄說：「您說了，我們是朋友嘛，就不需要這麼客氣了，再說也真的不用多少錢的。您確定來北京的時間就跟我說一下，我到時候好預作安排。」

金達笑笑說：「好的。」

喬玉甄掛了電話，金達就開始琢磨起北京的行程安排了。

按說他這次的行程應該越保密越好，但是現在的社會哪有什麼秘密可言呢，如果遮遮掩掩的，反而會啓人疑竇。還不如索性公開自己要去北京，只是不要讓人知道他是去拜訪謝精省就好了。於是金達就跟孫守義說自己要去一趟北京，說是某領導打電話讓他去北京報告海洋科技園項目的工作。

金達要來北京，傅華這個駐京辦主任自然不得不陪同，他在機場接了金達。見到金達時，傅華隱隱覺得這次來北京的金達有點與以往不同，他感覺金達有些緊張，臉上則是微微泛紅，似乎遇到了什麼喜事一樣。傅華感覺金達這次的北京之行一定是有什麼別的事情，才讓金達表現的這麼異常。

入住海川大廈後，金達就讓傅華離開了，他急著要打電話給喬玉甄。

喬玉甄很快接了電話，問說：「金書記已經到北京了嗎？」

金達說：「已經到了，現在在海川大廈呢。」

喬玉甄便笑笑說：「那您先休息一下，晚上我去接您見謝副部長。」

金達忍不住問：「誒，喬董，你幫我給謝副部長準備了什麼禮物啊？」

喬玉甄說：「怎麼，您對我辦事不放心啊？」

金達緊張地說：「不是不放心你，而是我現在心裏沒有底氣，有點心慌，生怕哪個細節做得不好，會給謝副部長留下不好的印象。」

喬玉甄安撫他說：「你不用那麼緊張，謝副部長那個人很平易近人的。至於禮物嘛，很簡單，也就是一個紅珊瑚的荷葉筆洗，謝副部長喜歡這種精緻的文房物品，所以我準備了這個。」

金達不放心地問：「那你用了多少錢啊，回頭我給你啊？」

雖然喬玉甄跟金達說不用他出錢，但是金達在來之前，還是將錢匯進卡裏，帶在了身上，他不想在錢財上積欠喬玉甄。

喬玉甄故作生氣地說：「您這個人究竟是怎麼回事啊，我不是跟您說了嗎，禮物我來準備，不用您掏錢的嗎？」

金達說：「可是怎麼能讓你貼錢幫我送禮呢？告訴我，究竟多少錢啊？我給你。」

喬玉甄說：「真要給啊？那好，晚上您拿五十萬過來吧。」

「五十萬?這麼貴啊?」

金達愣住了，雖然作爲市委書記，經手的錢幾十億都有，但是要他自己還真是拿不出這麼多錢的。

喬玉甄笑說:「嚇住您了吧?好了，跟您開玩笑的，跟您說不值錢的，拜託您不要再提錢的事了，提錢太俗氣了，如果您再這樣的話，我可就不幫您這個忙啦。行了，我們晚上見吧。」

金達也就笑了笑說:「那晚上見。」

第八章

蹇千里

傳華引用的這句話，題目叫做「蹇千里」，表面上是在說他自己身分低下，
不過是車下的一頭馬駒，所以並不想一鳴驚人。
實際上卻是譏諷金達是靠關係才幸運地登上高位，
沒有什麼資格來譏諷他故作清高的作態。

晚上，金達跟傅華說不需要他留在駐京辦陪他，把傅華打發走了。他吃了點東西，就回房間等喬玉甄的電話。

快到九點的時候，喬玉甄的電話才打來，讓他下去，她的車就在海川大廈門口。

金達趕忙下去，看到喬玉甄親自開的車，正坐在車裏看著海川大廈若有所思。

金達上了車，就說：「走吧。」

喬玉甄說：「先等一下，我將紅珊瑚筆洗給您，到時候您拿給謝副部長。」就將一個精緻的盒子遞給金達。

盒子不大，打開一看，裏面放著一枚紅色的荷葉狀筆洗，筆洗的顏色紅潤的就像要滴出水來一樣，一看就非凡品。筆洗上面還有一層寶光，表明是有些年頭的東西。

金達看了一眼喬玉甄，不禁說：「喬董，這可不像不值錢的樣子啊？」

這件文物據說是明代著名雕刻大師陸子岡的作品，喬玉甄還真是花了五十萬買下來的。陸子岡以刻玉聞名於世，著名的「子岡牌」就是他的作品。

子岡牌的特殊魅力，體現在其獨特的形態及精美的玉質上，將中國的書畫藝術刻在玉牌的正反兩面，加上玲瓏剔透的牌頭裝飾，具有很高的觀賞性及收藏價值。

陸子岡是個很有個性的人，當時的社會風氣認爲工藝匠人很低賤，不允許工匠在作品上留名字，但是他堅持把自己的名字留在作品上，包括給皇帝的貢品，也在隱密的地方刻上名字，結果被發現而斷送了性命。

陸子岡沒有收徒弟，他死後，雕刻手法就失傳了，因此他傳世的作品並不多，這件紅珊瑚筆洗又是少有的一件珊瑚製品，因此頗爲珍貴。

喬玉甄肯花這麼大的代價，是真心想要幫金達達成目的的。五十萬相較於金達幫她的這些忙來說，實在是不值一提的，何況未來她從灘塗地項目上可賺取的利益更多，因此喬玉甄在出這筆錢時絲毫沒有猶豫。她知道以金達正當的收入而言，根本付不出來，爲了不想讓金達在精神上有什麼負擔，便謊稱這件筆洗不值錢。

謝精省的住處管理的很嚴格，有專門的武警做警戒，喬玉甄和金達經過嚴格的登記手續，才順利的進到了謝精省的住處。

謝精省保養得很好，看上去還不到五十歲的樣子，但是金達知道他已經快六十歲了。

謝精省個子不高，臉上的笑容很讓人感到親切，本人看上去比在電視裏顯得略瘦了一點。他跟金達握了手，招呼著說：「金達同志，歡迎你來我家做客啊。坐。」

謝精省把金達和喬玉甄讓到沙發那裏坐了下來，然後對金達說：「我看過你的一些報導，你的那個海洋科技園項目做得很不錯，很有遠見啊。」

金達心裏一熱，有點感動，不管謝精省是不是真的看過他的報導，能這麼說，起碼證明謝精省事先對他是做過功課的。他便說：「想不到我做的一點小事居然被您給看到了，我真是太榮幸了。」

「誒，什麼小事啊，」謝精省搖搖頭，正色說：「不是小事，金達同志，你很謙虛啊。我們都知道國家在新世紀有一個很大的戰略目標，就是要大力發展海洋經濟，把我們的國家變成一個海洋強國。我注意到你很早就提出海洋經濟這一塊，甚至早於你們東海省的海洋經濟規劃，非常不錯啊，我們現在需要的就是像你這樣具有戰略眼光的幹部啊。」

謝精省竟然對他提出海洋經濟這件事瞭若指掌，金達心裏又激動了一下，趕忙說：「謝謝謝副部長的鼓勵。」

謝精省笑笑說：「不要謝我，是你自己做的好。」

兩人又聊了一些東海省的事，謝精省問了呂紀、白部長等人的情況，金達都很謹慎的作了回答。不覺就聊了半個多小時，喬玉甄瞅了金達一眼，示意金達差不多該告辭了，讓他趕緊把紅珊瑚筆洗拿給謝精省。

金達就從手包裏將禮物拿了出來，說：「謝副部長，我來得匆忙，也沒給您準備什麼，就帶了這麼個小玩意，您閒著的時候可以把玩一下。」

謝精省故作推辭說：「這可不好啊，你來就來，帶什麼禮物啊。」

金達把盒子打開遞過去，說：「一點小玩意，您不嫌棄就好。」

紅珊瑚筆洗在燈光下顯出一種瑰麗的紅豔，荷葉也雕得栩栩如生，謝精省眼睛亮了一下，他看出這東西的不凡。就把盒子接了過去，看了一眼，裝作不經意的放在茶几上，嘴上卻說：「你這個同志啊，就是這麼客氣，以後不要再這樣了。」

金達看到謝精省收下了禮物，心裏鬆了口氣，這說明謝精省喜歡這件東西，也說明謝精省願意結交他這個人，這就夠了。

金達知道到了該告辭的時候，就趕忙站了起來，說：「時間也不早了，我知道您工作繁忙，我就不打攪您休息了。」

謝精省也站了起來，說：「行啊，我就不留你了，回海川可要努力工作啊，我會關注你的。」

金達重重地點頭說：「好，我一定不辜負您的期望的。」

謝副部長就跟金達握了握手，又拍了拍金達的肩膀，說：「就這樣吧，保持聯繫。」

金達和喬玉甄從謝家出來，上了車。喬玉甄笑笑說：「怎麼樣，我說謝副部長很平易近人吧？」

金達心想：這種位高權重的領導怎麼會平易近人啊，沒有人引見的話，恐怕人家連搭理都不會搭理他的。也因此金達對喬玉甄的能力又有了新的認識，這個女人真是不簡單。

金達臉紅紅的，還沉浸在跟謝精省搭上關係的興奮中，笑說：「這可都要感謝喬董，不是你引薦，恐怕我連謝副部長家的門朝哪兒開都不知道呢。」

喬玉甄說：「您不用這麼客氣，大家都是朋友，這點小忙應該幫的。」

金達心說這可不是小忙，對下面的官員來說是夢寐以求的事，入了做組織工作領導的法眼，就等於是鯉魚躍了龍門，金達彷彿已經看到自己輝煌的前途了。因此感覺喬玉甄這次的引薦是送了他一個很大的人情。

尤其是那個紅珊瑚筆洗，更是讓謝精省對他的好感加分不少。金達注意到謝精省看到禮物時的表情十分欣喜，表示他是很喜歡這樣禮物的。

見到謝精省是一回事，讓謝精省對他有好感又是另外一件事了。如果見了領導卻沒給領導留下好印象，那還不如不見。因此喬玉甄幫忙準備的禮物更形重要。這要是他自己買，是絕對買下不去的；喬玉甄不說紅珊瑚筆洗的價格，也是在顧著他的臉面。因爲一旦說出來，他卻拿不出那麼多錢來，豈不是進退兩難嗎？

這個女人不但人長得漂亮，連做事也這麼漂亮。金達心中暗自感激，便說：「這可不是一點小忙，喬董，你做過什麼我心裏清楚，這份人情我記下了。」

喬玉甄送金達回到海川大廈，已經是深夜了，但是金達卻睡不著，他興奮地憧憬著美好的未來，因而失眠了。曾經金達還覺得熱衷功名利祿是件很淺薄的事，但是今天他才發現自己也不能免俗，是個淺薄的人。他跟現實妥協，失掉了自己的底線。不但失去底線，還有樂在其中的感覺，早已沒有當初的那份堅持了。

第二天早上，傅華見到金達的時候，感到十分驚訝。金達滿眼血絲，一看就是沒睡好。但是又兩頰泛紅，很亢奮的樣子，呈現著一種莫名的興奮狀態，不知道是遇到了什麼好事。聯想到金達和喬玉甄最近關係密切，爲了喬玉甄一再做出違規的行徑，很可能是喬玉甄爲金達引薦了某位大官，爲金達打開了一條上升的通道，才讓金達不惜放棄原則來幫她的。

傅華知道金達向來很看重他的仕途，估計只有在仕途上有了某種希望，才會讓金達興奮到一夜未眠。想不到金達也是一個官迷啊，傅華在心中越發看輕金達了。

按照金達的行程安排，今天他是要去跟領導彙報海川科技園項目的。因此傅華跟金達說車子已經安排好了，問金達是不是要出發了。

金達瞅了傅華一眼，雖然傅華臉上那絲嘲諷的譏笑只是一閃而過，還是被他清楚的看在眼中了。金達猜測自己的樣子一定是讓傅華想到了什麼，就特別的彆扭，拿起手包，也沒說什麼就往外走。

上了車，車子開出海川大廈，金達一直板著臉，也不說話。傅華靜靜的坐在副駕駛的位置上，不去理會金達的態度。到了地方，金達自己去見領導，把傅華留在下面。一個多小時後，金達彙報完下來，車子便往回去的路上走。

金達看傅華始終一副淡定的樣子，絲毫不把他的態度放在眼中，心中更加的彆扭，就想要打擊一下傅華，開口說：

「我一直有個問題想問你，你把這一生都耗在駐京辦有意義嗎？」

一開始傅華還沒反應過來，沒意識到金達是在跟他講話。因爲這段時間除了工作之外，金達基本上跟他是零交流的。

傅華回頭看到金達正在看他，才知道金達是在跟他說話呢，便說：「我對現狀挺滿意的，我覺得人生並不是爲了什麼意義活的。」

金達冷笑一聲，說：「那你爲了什麼活著啊，就是爲了營營碌碌、尸位素餐嗎？如果你看不慣這個官場，大可以轉行做別的嘛，你是北大的高材生，謀生的手段還是有的吧？不然找你前任或現任岳父也行啊！我真看不慣你這種故作清高，又要寄生在這個體系的作態。」

傅華聽出金達話中對他的不屑，心中有點氣惱，我又沒去招惹你，你幹嘛來批評我啊？就引用了一句古言說：「我只是一頭局趣轅下駒耳，並不想一鳴驚人。」

傅華此言一出，金達的臉騰地一下紅了。

傅華引用的這句話，出自清初侯方域筆下的一則諷刺寓言故事，題目叫做「蹇千里」。蹇千里是一頭擬人化的驢，從小幫人運載貨物，長大後，侍奉孟浩然，經孟浩然舉薦，獲得很高的聲譽。後來中了進士，入朝爲官，歷經多職，晉升爲左僕射，封曹國公。但是蹇千里做官沒有什麼特別的才能，只是資歷深、任職多而坐享卿相之高位，所以同儕多看不起他。

一日在中書省的宴會上，他多吃了幾斗食物，終於忍不住跳腳大罵。鳳閣侍郎王及善就說：「是局趣轅下駒耳，幸至位此，乃欲一鳴驚人乎。」意思是說：你不過是車下的一頭馬駒而已，憑幸運才登上高位，還想一鳴驚人嗎？

傅華引用這句話，表面上是在說他自己身分低下，不過是車下的一頭馬駒，所以並不想一鳴驚人。實際上卻是譏諷金達是靠關係才幸運地登上高位，沒有什麼資格來譏諷他故作清高的作態。

金達能有今天的成就，很大一部分原因是得到郭奎和呂紀的賞識和提攜，加上昨晚他的求官舉動還歷歷在目，因此傅華這句話著實的踩到了金達的痛腳。金達惱火到了極點，卻無法發作什麼，氣得滿臉通紅，一句話都說不出來。

這也打消了他的興奮，讓他覺得卑躬屈膝的去討好謝精省獲得升遷機會，是件很不光彩的事。更讓金達感到鬱悶的是，這則寓言中的蹇千里結局並不好，最後蹇千里被罷免，貶爲黔中太守，而後被老虎咬死，十分淒慘。金達覺得傅華引用蹇千里裏面的話，似乎是在詛咒他沒有好下場，不是一個好兆頭。

正因爲現今的金達熱衷於權力和官位的追求，因此患得患失，疑神疑鬼，對許多事總有特別的聯想。

金達心中後悔不該去招惹傅華，他本來是想打擊傅華的，卻反而搞得自己情大壞。之後的路途上，金達便閉上眼睛，再也不搭理傅華了。傅華也有點後悔，不該逞一時的口快反諷金達。看金達的樣子，對他的怨念更深了。

金達下午就直接飛回了海川，雖然這是原本就預定好的行程，但是傅華卻感覺金達走得有些氣急敗壞，一直鐵青著臉，連個笑容都沒有。

從機場回到海川大廈，傅華正好碰到往外走的高原，高原說：「都下班了，你還回來幹嘛啊？」

傅華說：「剛去機場送人，還有點事情要處理一下。」

高原說：「你真是有夠忙的，誒，這兩天你沒見過我姐吧？」

傅華說：「沒有啊，你姐可是有主的人，我也不好常見她。怎麼了？」

高原隨口說：「也沒什麼啦，就是我昨天聽她提起你，好像很生氣的樣子，我以爲你又惹到她了呢。」

傅華心知是自己不肯再見高芸，才讓高芸生氣的，心裏無奈的搖了搖頭，說：「那我就不知道了，行了走了。」

傅華回到辦公室，整理了一下公事，準備下班時，電話響了起來，是湯言打來的。

「湯少，怎麼這麼稀罕啊，想起給我打電話了？」

湯言笑笑說：「怎麼，我給你打電話不行嗎？」

傅華說：「當然行啦，不過你可是很少主動給我電話的，所以我有點驚訝。什麼事啊？」

湯言說：「沒什麼事，就想找你吃頓飯，可以吧？」

傅華愣了一下，湯言雖然跟他有來往，卻不是那種沒事就湊在一起聊天吃飯的朋友，便說：「湯少，你還是說有什麼事吧，不用吃飯了。」

湯言笑了，說：「好吧，其實我是想問你，你有沒有在炒修山置業的股票啊？」

「沒有啊，你知道我對這些不感興趣的，怎麼了？」

湯言說：「也沒怎麼了，就是想瞭解一下，喬玉甄跟我說她跟你聊過這支股票。」

傅華回說：「她是跟我說過，但是我也跟她講了我沒興趣了。」

湯言說：「這我知道，不過，你有沒有跟別人講過這件事啊？」

傅華笑說：「我閒著沒事跟別人講這件事幹嘛啊?究竟怎麼了?」

湯言說：「是這樣，我現在在做這支股票，遭到了很嚴重的狙擊，我懷疑有人摸準了我的炒作意圖，所以才會踩得這麼準。」

傅華明白這是高芸做的，但是這話他不好跟湯言明講。就像他沒有幫和穹集團對付喬玉甄一樣，他也不想幫喬玉甄對付和穹集團。何況高芸之所以能準確的狙擊湯言，關鍵也不在他，而是修山置業內部有和穹集團的內線。但這就是商業機密了，他也不適合透露給湯言。

傅華便說：「我不清楚你遭遇狙擊是怎麼一回事，但是我可以確定一點，我沒有向任何人透露過喬玉甄跟我講話的內容。」

湯言追問說：「傅華，你真的不知道是誰在狙擊我嗎？」

傅華聽湯言問的話意，明白湯言可能已經知道是和穹集團在背後搞鬼了，但他不想去攪和其中，就笑笑說：「我真的不知道是怎麼回事啊，難道你懷疑是我在背後搞鬼嗎？」

湯言說：「你說沒有就沒有了，我沒懷疑你。好了，你真的不跟我吃頓飯？我可是有段時間沒見你了，還挺想見你的。」

傅華笑說：「行了湯少，你要問的東西已經問到了，你覺得還有必要浪費這個時間嗎？」

湯言也笑了起來，說：「好吧，既然你堅持那就算了，就這樣吧。」

湯言掛了電話，對坐在他辦公室的喬玉甄說：「傅華說他沒跟任何人洩露我們在炒這支股票的事，也不知道是誰在背後狙擊我們。」

喬玉甄質疑說：「你相信他嗎？」

湯言笑笑說：「我只相信他一半，他說沒對別人洩露我們在炒作修山置業的消息應該是真話，他那個人不是會去壞別人事的人。但是他說他不知道是誰在背後狙擊我們，就不是真的了，我認爲他知道是和穹集團做的。」

喬玉甄點點頭說：「我跟你的看法一致。」

湯言說：「現在問題就來了，既然和穹集團不是從傅華那裏知道消息的，那麼他們是從什麼管道知道的呢？」

喬玉甄想了想說：「和穹集團不僅知道我們在炒作修山置業，還很清楚的知道我們每一步的炒作計畫，湯少，恐怕你這裏有內奸啊。」

湯言搖搖頭說：「不可能，參與這次操作的人都是跟了我很久的老臣，他們對我絕對忠誠，不可能洩密的。」

喬玉甄不解地說：「那是怎麼回事啊，難道和穹集團的人精明到可以事先預測我們每一步計畫的程度？不可能吧。」

湯言也皺著眉頭說：「是啊，問題出在哪裡呢？」

喬玉甄心煩地說：「湯少，趕緊用你聰明的大腦想想問題究竟出在哪裡吧，再這樣子下去可不行，你看，今天股價又綠了，再這樣子，我們原來的計畫就無法實行了。」

喬玉甄原本的計畫是要將修山置業炒出一個漂亮的股價來，然後獲利出售給另一家公司，現在股價不但不漲，還一直跌跌不休，原本預定接盤的公司是一家國有公司，要他們用高價接手一家股價正在下跌的公司顯然是不好交代的。

湯言也知道這個計畫，便說：「喬董，對方在這個時候打壓股價，就是看準了我們急於想把股價拉抬起來的緣故，他們要我們付出更高的成本來拉升，好趁機釋出手中的籌碼。」

喬玉甄煩躁地說：「湯少，你不要跟我講這些，我聽不太懂，操盤你是行家，我只希望你能按照我們預定的計畫把這件事情完成，你就說要怎麼辦吧？」

湯言說：「我的意思是，現在不能按照原定的計畫了，如果還按照原定計畫走，只會送錢給和穹集團。」

喬玉甄問：「那你想怎麼辦？」

湯言說：「我們先不要談下一步怎麼辦，先解決內奸的問題吧，我這邊確定沒問題，那問題就該在你那邊了，我懷疑和穹集團在修山置業裏面有他們安插的商業間諜。要不我們來試一下吧。」

喬玉甄看了湯言一眼，說：「你想要怎麼試？」

湯言獻計說：「很簡單，我們先在修山置業發佈一條假消息，看看和穹集團會不會照這條假消息調整策略，他們調整的話，那就表示是修山置業方面有問題了。」

喬玉甄聽了笑說：「這個辦法倒是挺聰明的。你說吧，發佈什麼假消息？」

湯言說：「就說我們現在資金緊張，決定暫時擱置修山置業的炒作計畫，明天不再拉升，先出貨。」

喬玉甄說：「我可以把這消息發佈出去，但是後續要怎麼做呢？」

湯言笑笑說：「如果對方知道我們要出貨，一定會搶在我們前面，我也會配合這條消息倒出一部分貨的。」

喬玉甄質疑說：「那樣股價豈不是會被打得更低，這可與我們的目標背道而馳的。」

湯言笑說：「欲取先予，我要的就是先把股價打下去，這樣對手才會把手頭的籌碼都吐出來。我們也可以趁機回籠一部分資金。放心好了，我會另外安排人在適當的價位將股票接回來，不會耽擱你計畫的實施的。」

喬玉甄考慮了一下，眼下除了湯言的辦法似乎也沒別的好招了，就說道：「行，就按照你說的辦吧。」

湯言又想了想說：「這麼做還不夠，這樣，你私下跟修山置業的人說：就說海川那塊灘塗地因爲有領導干涉，事情突變，不但不能辦理土地使用權證了，有關部門還限期修山置業繳清土地出讓金，否則將收回地塊，現在你正在急著找人想辦法溝通這件事呢。」

喬玉甄笑說：「這麼說，估計修山置業明天將會跌停了，和穹集團知道這個消息後，一定會趕緊拋售的。」

湯言點點頭說：「要的就是他們拋出。注意啊，這個計畫除了你我知道之外，不能再向任何人洩露。如果再被別人知道，那我們就完了。」

喬玉甄說：「你放心，我吃一塹還不長一智嗎？」

湯言笑了笑說：「那就按照這個計畫去執行吧。和穹集團不是要玩嗎，我們就陪他們好好玩一玩。」

接下來幾天，果然像湯言預計的那樣，修山置業的K線圖一片慘綠，大量的賣盤出現，股價很快被打到了跌停板，湯言就趁機小心吸收籌碼。

連跌幾天之後，修山置業發佈股價異常波動公告，說公司經營狀況良好，各項目進行順利，並沒有任何造成股價異常的情況，湯言就將跌停打開。

經過這一番折騰，他估計和穹集團手中的籌碼已經出的差不多了，果然，他試著做拉升，股價馬上就上升了百分之二，顯然和穹集團已經沒有多少籌碼可以狙擊他了。

湯言並沒有急於馬上拉升股價，如果這麼做，會讓修山置業的股價呈現出急跌急升的狀態，人爲操作的態勢太明顯，很容易引來證券監管部門的調查。湯言要等喬玉甄將土地使用權證辦下來，然後發佈公告，借這個利多消息再來炒高股價。

傅華也注意到了修山置業股價的劇烈波動，他很清楚這是湯言、喬玉甄跟和穹集團博弈的結果。股價的劇烈波動也表明雙方廝殺的慘烈程度，看到後來修山置業的股價時，他知道喬玉甄和湯言很可能取得了決定性的勝利。和穹集團在這場博弈中慘敗。看來喬玉甄和湯言一定是看透了高芸的炒作步驟，來了反向操作，整了高芸一把。

商場上的輸贏本來就是瞬息萬變的，高芸因爲一著不慎導致滿盤皆輸，傅華並沒有把這件事放在心上，誰贏誰輸對他來說都無所謂。事實上，在這件事裏，沒有一方是正當的，高芸也是想要算計喬玉甄，現在被算計了，也是活該。

又過了兩天，傅華正在陪發改委的一位王處長吃飯，快要結束時，他的手機響了，是高芸的，他遲疑了一下，猶豫是否要接。

王處長納悶說：「怎麼了，爲什麼不接啊，不會是小三打來讓你過去陪她的吧？」

傅華笑說：「處長您真會開玩笑，我哪有什麼小三啊。不過是一個朋友的電話而已。」

王處長說：「那爲什麼不接啊？」

傅華說：「我這不是正要接嗎。」就接通了電話。

電話那邊馬上就傳來高芸的叫聲：「傅華，你幹什麼啊，怎麼這麼久才接電話？」

高芸大著嗓門，說話含糊不清，一聽就是喝多了的樣子，就被一旁的王處長聽了個正著，王處長眼神中多了幾分曖昧的意味，感覺打電話來的女人跟傅華的關係很不簡單。

傅華尷尬的解釋說：「這個朋友喝多了。」

王處長不以爲意地說：「理解，現在這個社會，這種事很正常嘛。」

傅華知道解釋不清，越發的尷尬。

高芸一直沒聽到傅華的回應，質問道：「傅華，你這個膽小鬼，不就是我爸爸講了幾句話而已，有必要嚇得連電話都不敢接了嗎？」

傅華苦笑了一下，說：「高芸，你喝多了，別鬧了，趕緊休息去吧。」

高芸大著舌頭說：「誰說我喝多了，我沒喝多。我跟你說，我還要喝。喂，你給我出來，陪我繼續喝，我們喝到天亮。」

傅華愣了一下，說：「你在外面？」

高芸嘿嘿地笑說：「是啊，我在酒吧。快來，我等你啊。」

傅華果斷地說：「高芸，我不會去的，你也別喝了，快回家吧。」

「不行，你非要來不可。」高芸使著性子說。

傅華勸道：「別鬧了高芸，趕緊回家。」

高芸叫道：「誰鬧了，我不過是叫你出來喝酒罷了。你爲什麼不來啊，太差勁了，你們究竟想幹嘛？一個個的都來欺負我。」說著，就嚶嚶的哭了起來。

傅華被高芸鬧得沒辦法，只好說道：「好，好，我過去就是了，你告訴我你在哪裡？」

「我在哪兒？」高芸含糊地說：「我也不清楚，反正是在酒吧裏，你快過來啊。」

傅華心說北京的酒吧這麼多，我哪知道你在哪個酒吧啊?!這個高芸真是喝多了，連身在什麼地方都搞不清楚。

傅華的頭有點大，他要過去也得知道地方啊。高芸似乎已經喝得一塌糊塗，他又不好就這麼不管。

正在犯愁時，一個男聲從話筒裏出來，說：「嘿，哥兒們，你的女朋友喝醉了，你趕緊來把她接回去吧。」

傅華趕忙問道：「請問你是？」

對方說：「我是酒吧的調酒師，你女朋友已經喝趴在吧臺上了，你趕緊過來吧。」就告訴他酒吧的名字及地址。

傅華聽到酒吧的名字鬆了口氣，他撥了高原的手機，想要高原去接她。沒想到高原的手機居然關機，根本就聯繫不上高原。傅華有點傻眼，他又沒有高穹和的號碼，就算有，他也不敢去找高穹和。沒辦法，只好自己去接高芸了。

傅華看了一眼王處長，王處長理解地說：「老弟，別看我了，反正我們已經要結束了，趕緊去吧，女人在酒吧喝多了很危險的。」

王處長還是把高芸當成他的情人了，傅華苦笑說：「真的只是朋友。」

王處長笑笑說：「不管是什麼，既然你知道了，就有義務保證她的安全的。」

傅華說：「這倒是，那處長，不好意思，我就先走一步了。」

王處長和氣地說：「趕緊去吧，我不會跟你計較的。」

過了半個多小時，傅華在酒吧裏找到高芸，高芸正一動不動地趴在吧臺上，傅華趕緊走過去，向調酒師說：「謝謝了。」

調酒師笑笑說：「不用客氣，你女朋友真猛啊，連喝了幾杯『地震』，我還以爲她很能喝呢，結果就這樣子了。」

「地震」是一種花式調酒的名字，酒精濃度之高令人咋舌，所以用地震來命名，其後勁程度可見一斑。

傅華看高芸一直趴著，推了推她的胳膊，叫道：「高芸，醒醒。」

高芸抬起頭，醉眼蒙矓的打量著傅華半天，然後指著他嘿嘿笑了起來，說：「是你啊，傅華，怎麼你肯來陪我喝酒了?來，倒酒，我們再來喝。」

傅華心說你都這樣了還喝，阻止說：「行了高芸，我送你回家。」

高芸眼睛一瞪，使勁的搖搖頭說：「我不回家，回家去看我爸爸那張苦臉啊?有什麼呢，我不就是在修山置業上虧了一筆錢嘛，你看他難受的那個樣子。就好像天塌下來一樣。」

能讓高穹和這種億萬富豪的臉色難看，代表高芸這次虧的數字絕對很可觀，看來高芸在修山置業的股票上栽了一個不小的跟頭。湯言的手段真是夠狠的。

傅華勸說：「別鬧了高芸，你不回家能去哪裡啊，起來，我送你回去。」

高芸固執地說：「不，我絕不回家。」

傅華說：「別鬧了，這裏是酒吧，難道你要在這裏待一個晚上嗎？」

調酒師也在一旁幫腔說：「是啊，小姐，我們很快要打烊了，你還是跟這位先生回家吧。」

「我不，我就不！」高芸叫了起來，指著傅華說：「傅華，我警告你，你如果今天敢送我回家，我就跟我爸說是你約我出來的，到時候看我爸不收拾你！」

傅華惱火地說：「高芸，你這不是耍無賴嗎？」

高芸壞笑了一下，說：「我就耍無賴，看你能對我怎麼樣！」

傅華真是拿這個醉女人沒轍，又不好扭頭就走，只好說：「高芸，你究竟想怎麼樣啊？」

高芸笑笑說：「我不想怎麼樣，我只要你陪我喝酒。」

傅華拒絕說：「不行，已經很晚了，人家都要打烊了，還喝什麼酒啊。」

高芸茫然地四處看了看，酒吧的人確實差不多走光了，就說：「那你幫我找家酒店住下好了，反正我今晚不想回家。」

傅華也不想見到高穹和，就說：「行，我幫你找間酒店，你先住一晚。走吧。」

高芸想站起來，卻醉到渾身無力站不起來了，傅華只好攙扶著高芸出了酒吧，上了他的車。好在北京的豪華酒店遍地都是，他沒走遠，就近找了一間酒店，給高芸開了一個房間，然後扶著高芸進了房間。

一路上，高芸一直緊貼著傅華的身體，傅華可以感受到她身體的溫度，心中莫名的想起那晚的春夢，心裏不禁泛起一絲漣漪。

進房間後，傅華將高芸扶到床上躺了下來，再看此時的高芸星眸微閉，雙頰泛紅，躺在床上一副人事不知的醉態。傅華就給她倒了杯開水放在床頭櫃，然後把房間的鑰匙卡也放好，準備離開回家。

沒想到剛往門口走了幾步，高芸就哦的一聲，在床上吐了起來。一股難聞的酒臭味馬上就充溢在房間裏，讓傅華也差點跟著吐了出來。這時候傅華也顧不得氣味難聞，趕忙把高芸扶起來，讓她向著垃圾桶吐。

高雲狂吐了好半天，吐到最後實在沒東西吐了，這才抬頭看了看傅華，傻笑著說：「傅華，你終於看到我的窘態了。」

傅華看到高芸吐到眼睛含淚，鼻子也掛著鼻涕，別提有多狼狽了，也讓人心酸，便說：「你這是何苦呢？」

高芸說：「傅華，我心裏苦啊，偌大的北京城，我竟然找不到一個能夠跟我說說真心話的人。」

傅華知道高芸的心情，卻無力替她解決，他拿起床頭櫃上的水，說：「你喝點水漱漱口吧。」

高芸接過杯子漱了漱口，然後大口的喝了幾口，說：「這下舒服多了。」

傅華扶高芸去沙發上坐下，然後把床單整個掀了下來，又把嘔吐物倒進馬桶沖掉，打開窗，讓空氣流通，把酒臭味給散了出去。

還好床頭那邊只濕了一小塊，不妨礙高芸休息，就讓高芸躺下來休息。

高芸躺在那裏看著傅華忙活，不禁笑說：「傅華，你在家肯定是個模範丈夫。」

傅華看了看高芸，感覺她酒勁已經去了大半，就說：「我看你的酒已經醒得差不多了，你休息吧，我回去了。」

高芸伸手過來拉住了傅華，用央求的眼神看著他說：「你就不能留下來嗎？」

傅華搖搖頭說：「不行，高芸。我當你是朋友，你可別搞得我們連朋友都沒得做。」

高芸說：「你真的當我是朋友嗎？」

傅華點點頭，說：「我真的當你是朋友，以後你再要喝酒，叫上我。」

高芸說：「你不怕我爸了？」

傅華笑說：「我們儘量不要他知道不就行了。」

高芸笑了起來，嗔道：「膽小鬼。」

傅華說：「不膽小不行啊，我怎麼會是你爸的對手呢，好了，你休息吧。」

高芸動情地說：「傅華，你真是個好人。」

高芸說他是好人，讓傅華愣了一下，感覺有點怪怪的，似乎有什麼地方不對勁，他又說不上是什麼地方不對勁，便說：「好啦，我要走了，很晚了。」

高芸就放開了傅華，讓他離開了。

第九章

解除婚約

高芸嘆説：「如果我不把事情弄到不可收拾的地步，他們又怎麼會同意解除婚約呢？至於拖你進來，我也很不想，不過正好因為被人拍了照片，我只不過是利用這個機會罷了。你別生我的氣了，好嗎？我會給你做出補償的。」

傅華在回家的路上車開得很快，一路上想著要怎麼跟鄭莉解釋他這麼晚才回來，結果到家一看，鄭莉居然還沒回來，這倒省了他解釋了。

折騰了一晚上，傅華也很累，就沖了個澡，沒等鄭莉，就上床睡覺了。

早上起來，鄭莉還在熟睡，傅華不知道她什麼時候回來的，有沒叫醒她，隨便吃了點早餐就去上班了。

快十點的時候，他打了一個電話給高芸，問：「高芸，還好吧？」

高芸說：「別的都還好，就是頭有點疼。」

傅華笑說：「宿醉後都是這樣，這我就沒辦法幫你了。」

傅華打電話只是問一下平安，見高芸沒事，就掛了電話。

剛掛電話，電話再度響了起來，號碼很陌生，傅華接通說：「我是傅華，請問哪位找我？」

一個男人說道：「你不要問我是誰，你不認識我。」

傅華愣了一下，說：「我不認識你你找我幹嘛啊？」

男人說：「我手裏有幾張照片估計你會感興趣，所以想問你想不想把照片買回去。」

「照片，什麼照片啊？」傅華一頭霧水，問道。

男人笑了起來，說：「這還用問嗎，當然是見不得人的照片了。」

傅華也笑了起來，說：「別扯淡了，我沒什麼照片見不得人的，你是詐騙集團吧？」

男人說：「你先別那麼肯定，你有電子郵箱嗎？」

傅華說：「有啊，幹嘛？」

男人說：「把網址給我，我把照片發給你看，到時候你再決定要不要把照片買回去。」

傅華遲疑了一下，說：「我憑什麼要把郵箱的位址給你啊？」

男人老神在在地說：「你不給也行，那我就把照片賣給別的感興趣的人了。」

傅華搞不清楚對方究竟手裏握著什麼照片，想來對方也不能對他的郵箱搞什麼鬼，就說道：「行，我給你。」

傅華就告訴對方郵箱的地址，對方說：「行，我一會就把照片發給你，你看了之後，如果要買，就打這個電話給我吧。跟你說，我可不會無限期等你的，過了今天，我就會把照片賣給別人了。」

男人就掛了電話，傅華趕緊去電腦查看自己的郵箱，果然有一個新郵件發了進來，打開一看，竟是昨晚他扶著高芸去酒店的照片。

傅華自問他是清白的，但是這些照片上看上去卻不是那麼一回事，從他扶著高芸下車，然後扶著高芸在酒店櫃臺登記，到進房間。整個過程中，高芸一直靠在他身上，看來兩人關係非常親密，就像是一對普通的情侶到酒店開房間一樣。

如果這些照片散播出去，會對他和高芸的聲譽造成很壞的影響。更重要的是，如果高穹和和胡東強看到這些照片，他們會怎麼想？這兩大家族在北京都是有頭有臉的人物，肯定不會容忍這種行爲發生的。

這還真是個麻煩事，也是邪門了，昨晚他送高芸去酒店的時候，已經是深夜了，怎麼還會有人等著拍照片呢？傅華有一種感覺，似乎那男人是刻意等在酒店門口的一樣，不然不會這麼巧。

不管怎麼樣，他還是先弄清楚究竟怎麼一回事再說，便撥了那個男人的電話，男人接通了，說：「對照片感興趣了吧，是不是想把照片買下來啦？」

傅華冷聲說：「先不要跟我說這些，你先告訴我，你是怎麼得到這些照片的？」

男人說：「我晚上出去吃宵夜，正好看到你們親親熱熱的，就拍下來了。」

傅華怒斥說：「鬼扯，你又不認識我，拍我照片幹什麼？你究竟是什麼人啊？」

男人回說：「你管我什麼人，你就告訴我你要不要買下照片吧？」

傅華說：「這照片也說明不了什麼，我爲什麼要買？」

男人笑了起來，說：「說明不了什麼？你真會開玩笑，你都帶她去開房間了，還說明不了什麼？難道非要我拍到你們上床的照片才能說明什麼嗎？你想想清楚，這幾張照片如果被某人知道了，問題可就嚴重了。」

傅華從男人的話中聽出一些端倪，就是這個男人似乎知道高芸的情況，難道他是衝著高芸來的？便說：「不對，你不是碰巧遇到我們的，你昨晚是在跟蹤我們。」

男人感覺被看穿了，有些慌了，說：「別扯那些沒用的，你就跟我說你買不買吧？不買別浪費我的時間。」

傅華說：「你先告訴我準備賣多少。」

男人笑了一下，說：「這就對了，我要的也不多，一百就可以。」

傅華心知他所說的一百，是一百萬，叫道：「這麼多？你去搶好了。」

男人語帶威脅地說：「你可要想清楚，一百萬就可以避免一場醜聞的發生，這對和穹集團和天策集團來說，根本算不了什麼。如果你不買的話，我可要賣給高穹和或者是胡東強了。」

「你在威脅我？」傅華生氣地說。

男人一副大牌的口氣說：「對啊，我是在威脅你，跟你說，要買的話就別廢話，我的耐性可是有限的。」

傅華想了一下說：「我就是要買，也拿不出這麼多錢來，你給我一點時間，我去找別人商量一下。」

男人聽了，滿意地說：「這才上路，趕緊商量去吧，我等你電話。」

一百萬實在是高得離譜，傅華是不可能買的，但是照片裏是他和高芸兩個人，如果散佈出去，對高芸會有很大的影響，他決定趕緊告訴高芸這件事。

高芸接了電話，開玩笑說：「怎麼了，今天怎麼對我這麼好，居然一會兒工夫打兩次電話給我。」

傅華苦笑說：「不是我想找你，而是麻煩找上門來了。」

高芸愣了一下，說：「什麼麻煩啊？」

傅華就講了有人拍下昨晚他們去酒店的照片，還勒索他一百萬的事。

高芸問道：「是什麼人啊？」

傅華說：「我也不清楚，他不肯透露身分。但我感覺這些照片絕非是碰巧拍到的，我懷疑他昨晚跟蹤我們，或者說他是在跟蹤你。他對你的事情很瞭解，還知道你跟胡東強的關係。」

「你是懷疑我父親派人跟蹤我的？」高芸說。

傅華說：「不一定是你父親，胡東強也有可能。」

「這倒是。誒，你看到照片了嗎？」

傅華說：「看到了，他發到我的郵箱裏了。」

高芸想了想說：「那好，你發過來給我看看。」

傅華就把照片傳給高芸，高芸看了之後說：「傅華，你對這件事怎麼看？這些照片如果公開出去，會不會影響到你們夫妻的關係啊？」

傅華遲疑著沒說話，他好不容易才修復了他和鄭莉的關係，再也禁不起同樣的打擊了。

高芸感覺到了傅華的遲疑，便說：「傅華，既然你沒有把握不會傷害到你們夫妻的感情，那還是把照片買下來算了，錢我來出。」

「高芸，這不個辦法啊，這些照片他要有多少副本都有的，這次給了他錢，說不定很快他就會再來勒索。會是一場無休無止的噩夢的。」傅華勸阻說。

高芸說：「那你想怎麼辦呢？」

傅華分析說：「關鍵不在我，我還是能夠想辦法解釋過去的，而是你想怎麼辦，這些照片如果公開，肯定會讓你父親和胡家不高興的，到時候恐怕你受的影響會更大一些。」

高芸嘆了口氣說：「這倒無所謂了，反正再慘也不過就現在這個樣子了。」

傅華想想也是，她和胡東強本就是利益上的結合，高芸既然能容忍胡東強在外面花天酒地，想來胡東強對高芸傳出的一點緋聞也不會太介意的。因此高芸說的倒也沒錯，她跟胡東強關係已經很糟了，再壞也壞不到哪裡去了。

傅華說：「那你說怎麼辦，我回絕他？」

高芸考慮了一下說：「你把他的電話給我，這件事你不要管了，交給我來處理吧。」

傅華就把電話號碼給了高芸，而那個男人也沒再打電話來。

第二天一早，傅華到了辦公室，先流覽一下送來的報紙，當他看到一份財經快訊的時候，不禁呆住了。那男人發來的幾張照片清清楚楚的刊登在報紙上，不過好在照片上對他的眼睛做了技術處理，一般人看不出來是他。

傅華趕忙去看這條新聞的內容，新聞的標題是《豪門情變——和穹集團千金捨未婚夫與情人泡吧開房》，下面寫著：據可靠消息人士向本報透露，已與天策集團少東胡東強訂婚的和穹集團千金高芸，昨晚跟一男性友人泡吧到深夜，然後雙雙去某酒店開房過夜。而胡東強最近也傳出與某女明星打得火熱，胡東強還為該女明星購買豪宅，金屋藏嬌。據此分析，高芸與胡東強可能已經發生情變。天策集團和和穹集團的家族聯姻很可能會因此破裂……報導又從財經的角度分析了兩大集團因為聯姻失敗而造成的影響，等等。

傅華驚訝的是，高芸不是說會處理好這件事的嗎？怎麼還會被登到報紙上去了呢。這份財經快訊在北京發行量很大，很多商界人士早上的第一件事就是閱讀這份報紙。傅華相信高穹和和胡瑜非此刻一定跟他一樣，也在看這篇報導。

他立即撥了高芸的電話，想問高芸究竟是怎麼一回事，但是電話打過去，卻是關機狀態。傅華心想這時候一定各方都想找她詢問這件事，她才會關機了。

這時，他的電話響了起來，居然是昨天打電話來勒索他的那個傢伙，他不由得接通電話就罵道：「你個混蛋還打來電話幹什麼，你不是把照片都捅到報紙上去了嗎？你最好不要讓我查到你究竟是誰，一旦被我查到，我饒不了你。」

男人也火了，回罵道：「姓傅的，你裝什麼蒜，你斷了我的財路你知道嗎？你真是夠狠的，居然把我發給你的照片拿給報紙，真是夠會裝的。」

傅華愣住了，說：「你說什麼，照片不是你捅出去的？」

男人嗤了聲說：「報社會給幾個錢啊？這些照片只有不公開才能發揮最大的價值，你夠狠，本來值一百萬的東西，被你這麼一搞，一文都不值了。還搞得我無法跟委託我跟蹤高芸的人交代，你真是害死我了。」

傅華回說：「誰說是我捅出去的啊，我還沒傻到往自己臉上抹黑的程度！」

這下換男人詫異地說：「那是怎麼回事啊？我只有把照片給過你，其他人都沒有啊。」

傅華問：「你說有一個委託你跟蹤高芸的人，會不會是他啊？」

男人立即否決了，說：「肯定不會是他的，我是跟蹤你們，發現了有可利用的機會，一時起了貪心，想從你這邊撈筆大的，才找了你。我都還沒有跟委託人說這件事呢。」

傅華也有點搞不清狀況了，如果不是男人出的問題，那剩下來的唯一可疑的人就是高芸了。難道是高芸把照片洩露出去的？不可能吧？高芸應該不會這麼做才對啊。

傅華心中充滿了疑惑，對那個男人說：「那這事就邪門了，反正不是我把照片給報社的。」

男人恨恨地說：「真倒楣，白忙了半天。」就掛了電話。

傅華懷疑是高芸搗的鬼，再打了電話過去，依然是關機狀態，根本就聯繫不上她。

傅華又有些擔心高芸是不是被高穹和採取了什麼措施？同時傅華也擔心鄭莉看到這份報紙會是什麼反應。他要怎麼跟鄭莉解釋呢？

傅華憂心忡忡地熬到了下班時間，趕忙離開辦公室，準備回家跟鄭莉解釋。

剛出海川大廈想去開車時，兩名壯漢突然走了過來，一左一右的把他夾在中間，左邊的男子說：「傅先生，我們老闆想請你過去見見面，請跟我們走一趟。」

傅華的心一下子沉了下去，心知情形不妙。他光顧著擔心要怎麼跟鄭莉解釋，卻忘了最危險的事。那就是高穹和或者胡東強肯定會對他採取什麼行動的。

傅華看著兩名壯漢，問：「你們老闆是誰啊？他爲什麼要跟我見面？」

左邊的男子說：「你去了就知道了。」

傅華強笑說：「對不起，我家裏有事急著回去處理，就不奉陪了。」

左邊男子冷冷的說：「傅先生，我看你是沒搞清狀況，希望你放聰明一點，不要逼我們動粗。」

傅華叫了起來，說：「你們想幹嘛，想綁架我嗎？來人啊，有人……」傅華想要呼救，左邊的男子上來一記勾拳狠狠地擊在傅華的肚子上，傅華只覺得肚子一陣抽搐，疼得叫不出來，眼淚也流了下來，整個人抱著肚子彎下腰去。

兩名壯漢一左一右拎著傅華，把他塞進一輛黑色賓士中，兩人上了車，車子就離開了海川大廈。

爲主的那名男子說：「傅先生，我們只想把你帶到老闆那裏去，並不想對你做什麼，所以你最好老實一點，不要讓我們難做。」

傅華現在在人家的控制之下，也不敢輕舉妄動，對方連綁架的陣勢都搞出來了，看來這次他真是要倒楣了。既然無法避免，那就既來之則安之吧，傅華就閉上眼睛靠在了後座上。

車行了半個多小時之後，來到一間挺大的四合院前，這麼一棟四合院現在的市價起碼上億，只有那種超級富豪才買得起。

傅華猜想可能是胡家的產業，很可能是胡瑜非住的地方。因爲只有那種上了點年紀的老北京才會留戀這種老式風格的四合院。

傅華就被兩名壯漢一左一右護持著走進了四合院，院落裏擺著石榴和魚缸，魚缸裏還養著漂亮的錦鯉，頗有老式闊綽人家的調調。傅華如果不是被強請來，這個環境會讓他感覺到十分賞心悅目的。

正屋裏坐著一位五十多歲的男人，男人穿著很隨意，上身一件白色的套頭衫，下身是休閒褲，典型的老北京的打扮，看起來瀟灑自在，卻隱隱給人一種很威嚴的感覺，是那種掌慣了權柄的人才會散發出來的氣息。

傅華雖然從來沒見過胡瑜非，但是眼前這個男人的架勢讓他在心中馬上就認定了他是胡瑜非。

胡瑜非正在專心泡茶，傅華進來，他連頭都沒抬。傅華沒等他說什麼，直接坐到了胡瑜非的對面，用竹鑷子夾了一隻杯子放在自己面前，然後示意胡瑜非給他倒茶。

胡瑜非這才抬頭看了一眼傅華，表情平淡，也沒說什麼，拿起茶壺，給傅華倒了一杯。

傅華端起杯來嗅了嗅，聞到一股特別濃郁的茶香，喝了一口，說：「道地的臺灣文山包種，不錯啊。」

胡瑜非看了傅華一眼，說：「你膽子倒挺大的，到這個時候還有心思品茶。」

傅華笑笑說：「我膽子並不大，實際上我現在心裏怕得要死，不過就算是胡先生要往死裏教訓我，估計也不會連杯茶都不讓我喝吧？再說，我看胡先生把我帶到這裏來，也不像要往死裏教訓我的樣子。」

這裏看上去是胡瑜非住的地方，通常人是不會喜歡在自己家中做一些出格的事情的。

胡瑜非冷笑一聲說：「你怎麼知道我不會往死裏教訓你？廂房那邊就是我的健身房，把你帶進去教訓一頓，一點問題都沒有。」

傅華冒著冷汗說：「這就沒必要了吧？」

胡瑜非冷冷的說：「怎麼沒必要，你不會不知道高芸是我胡瑜非的什麼人吧？」

傅華說：「知道，你兒子胡東強未過門的未婚妻。」

胡瑜非質問說：「那你還敢去招惹她，還帶著她去酒店開房？你這是要把我胡瑜非置於何地啊，我是那種那麼好欺負的人嗎？」

傅華搖搖頭說：「當然不是，你怎麼會是好欺負的呢，在來的路上，我已經領教了你屬下的厲害了，我肚子上挨的這一拳到現在還很難受呢。好吧，你不就是想教訓我一頓出出氣嗎，你的健身房在東廂還是西廂，趕緊帶我過去吧。」

胡瑜非笑了，說：「你還挺急著挨打的啊。」

傅華說：「我不是急著挨打，而是急著回去跟我老婆解釋這件事，比起你這一關，她那關可能更難過。」

胡瑜非瞅了傅華一眼，說：「既然你知道她那關難過，還敢出來拈花惹草？」

傅華無奈地說：「我沒有拈花惹草，如果我跟你說，我雖然跟高芸去開房間，但是我們之間是清白的，你相信嗎？」

胡瑜非搖搖頭說：「當然不信，男人會去跟女人攪和在一起，除了想睡她之外，不會有別的企圖的。」

傅華說：「我真的是冤枉的，算了，你既然不相信，我只好認倒楣了，你要教訓我就教訓吧，你把屬下叫過來，趕緊打完我好回家。」

胡瑜非不相信的說：「你跟高芸真的沒什麼嗎？」

「真的沒有，那晚高芸喝醉了打電話給我，我不該一時好心，想說過去送她回家，結果她鬧著不肯回去，又醉得一塌糊塗，我只好就近找了家酒店，開了房間，讓她休息。誰知道會被有心人給拍了照。說到這裏，我還想問你呢，是你找人盯高芸的梢的嗎？」傅華解釋著經過。

胡瑜非搖搖頭說：「我才沒那麼無聊。」

傅華困惑地說：「那真是怪了，如果不是你們胡家讓人盯高芸的梢，那會是誰啊，總不會是高穹和安排的吧？」

胡瑜非沉吟了一下，說：「你等一下，我問一問。」就撥了一個電話，說：「東強，你在哪裡啊？給我回來家裏一趟。」

胡瑜非掛了電話說：「一會兒我兒子過來，我問問他是怎麼一回事，看看是不是他搞的鬼。」

過了一會兒，胡東強回來了，看到傅華馬上就惱火地說：「你個混蛋，我正到處找你呢，你卻跑我家裏來了，竟然敢帶高芸去開房，真是膽子夠大了。我今天不好好教訓你，就不姓胡。」

胡東強說著，就握拳要衝過去打傅華。

傅華並不害怕，反而坐在那裏看著胡東強，他不慌張是因爲胡瑜非坐在那裏，他感覺胡瑜非是不會讓胡東強亂來的。

果然，胡瑜非在一旁呵斥道：「東強，你幹嘛，傅先生是我請來的客人，你給我放老實一點。」

胡瑜非果然很有震懾力，胡東強就不敢妄動衝過去打傅華，看著胡瑜非叫道：「爸爸，這傢伙太氣人了，他居然帶著小芸去開房，真是讓人孰可忍孰不可忍。」

胡瑜非說：「你先別管這些，這件事我會處理的，你先告訴我，是不是你安排人去盯梢高芸的？」

胡東強遲疑了一下，否認說：「我沒有。」

知子莫若父，胡瑜非一看胡東強的表情，就知道八成是胡東強幹的，眼睛一瞪，說：「你敢再說你沒有？」

胡東強就不敢去看胡瑜非了，吞吞吐吐的說道：「好啦，是我找人盯高芸的梢的。」

胡瑜非火大地說：「你這不是胡鬧嗎？你憑什麼這麼不相信高芸啊？」

胡東強指著傅華說：「爸爸，你不知道，這傢伙跟小芸黏糊有一段時間了，我如果不再找人盯著，被他戴了綠帽我都不知道。」

傅華忍不住說：「胡東強，你說話要負責任，我什麼時候跟高芸黏糊了？」

胡東強冷笑一聲說：「我冤枉你了嗎？那天在華彬費爾蒙酒店門前，你沒跟高芸抱在一起嗎？你可別不承認啊，是我親眼看到的。我當時就在你們身後不遠的地方，親眼看到你跟高芸抱得很緊。」

胡瑜非也用懷疑的眼光看著傅華，傅華想了一下，說：「哦，那天是我有事要問高芸，就請她們姐妹吃飯，吃完飯離開的時候，高芸身體有些不舒服，差一點摔倒，所以就抱了我一下。」

胡東強駁斥說：「不舒服？你騙傻子啊？」

傅華冷靜地說：「我不知道你這個人有沒有頭腦，當時高原也在一旁，我就是真想跟高芸有什麼親密的舉動，也不會當著高原的面吧。」

胡東強恨恨地說：「那可難說，高原那個臭丫頭也不是什麼好鳥。」

高原曾經爲了高芸教訓過胡東強，因此胡東強提起高原就一肚子火。

這時傅華忽然想起了什麼，指著胡東強說：「我知道了，是不是你找人砸我的車，伏擊我的？」

傅華被伏擊正好發生在華彬費爾蒙吃飯後不久，傅華一直找不出原因，今天聽胡東強說起這件事，才想到可能是胡東強找人做的。

胡東強也不否認，說：「是啊，怎麼樣，我是想給你個警告，讓你不要去招惹高芸，早知道你今天會跟高芸去開房，我當初就該弄死你的。」

「東強，你把我們胡家當什麼了，黑社會嗎？」胡瑜非過去抬手就給胡東強一個耳光，呵斥道：「誰給你膽子這麼做的？」

胡東強捂著臉委屈的說道：「爸，你怎麼還幫著外人打我啊？」

胡瑜非教訓說：「我打你還是輕的，你這個不成材的東西，以前我只覺得你成天愛玩，結了婚就好了，沒想到你竟然幹出砸車打人的勾當，真是太讓我失望了。」

說到這裏，胡瑜非轉頭對傅華說：「傅先生，是我沒管好兒子，對不起，回頭你這次的損失我會全部賠償你的。」

傅華說：「那倒沒必要了，修車的錢，保險公司賠給我了。」

胡瑜非嘆了口氣，對胡東強說：「你先給我滾吧，回頭我再找你算賬。」

胡東強就灰溜溜的走了。

胡瑜非坐了下來，拿起茶壺給傅華斟茶，說：「不好意思啊，傅先生，我這個兒子不成器，成天搞些亂七八糟的事情出來，真是讓我頭疼。」

傅華看胡瑜非不像一個不講理的人，就笑笑說：「你兒子有些行爲確實夠差勁的，已經有未婚妻的人了，還在外面跟一些小明星勾勾搭搭，搞得那麼高調，讓高芸怎麼想啊？高芸昨天喝多了，很大一部分原因就是因爲你這個寶貝兒子的。」

胡瑜非點頭說：「這我能猜得到。」

傅華看了胡瑜非一眼，心想：你猜得到還堅持要高芸嫁給你兒子，爲了謀取高家的財富，居然仍然讓高芸往火坑裏挑。他心中的不平之氣一下發作起來，就說：「胡先生，不知道你對財富是怎麼看的？」

胡瑜非看了傅華一眼，說：「你什麼意思啊？」

傅華說：「我剛才看你教訓兒子，覺得你是個挺有正義感的人，但是，你不覺得非要高芸嫁給你兒子是件很殘忍的事嗎？」

胡瑜非笑了，說：「我明白了，你是說我讓東強取高芸，是爲了高家的財富？」

傅華反問說：「難道不是嗎？」

胡瑜非搖搖頭說：「還真不是，不過，這件事我也是有私心的。」

傅華不解地問：「怎麼說？」

胡瑜非說：「關於財富這一點，你把事情想的太簡單了。東強和高芸結婚，他們擁有的財產是會結合在一起的，你爲什麼不認爲是高芸把我們胡家的財產給拿走了呢？就東強和高芸兩個人來說，你覺得他們哪一個更精明更能幹呢？顯然是高芸，對吧？」

這一點傅華心中很認同，通過剛才跟胡東強的對質，傅華心中對高芸產生了不少的疑點，首先是那天在酒店門口的擁抱，傅華懷疑高芸是知道胡東強在身後的情況下，故意做給胡東強看的。還有那些照片，也許就是高芸搞的鬼，她想借此逼胡家跟她解除婚約。以胡家的家世地位，怎麼會要一個跟別的男人開過房的人當媳婦呢？

「你的意思是？」傅華看著胡瑜非問。

胡瑜非說：「我就東強這麼一個兒子，將來他肯定要繼承我的產業的，但是東強很明顯不是那塊材料，他泡妞的本事挺厲害的，經營企業就不行了，這麼大一個集團交到他手裏我不放心，於是我就想了一個法子。你明白我的想法了吧？」

原來胡瑜非是想爲兒子娶一個能幹的媳婦，好把天策集團給傳承下去。

傅華對胡瑜非說：「你的計畫是挺好的，但是你忘了一點，高芸並不喜歡你兒子，他們就算結了婚，未來也不會幸福的。」

胡瑜非承認：「這個問題我也意識到了，我沒想到高芸會這麼痛苦。我是真的很欣賞這個未來的兒媳婦的，我感覺她的能力很強，未來一定能領導好天策集團。但是強扭的瓜不甜，回頭我會跟高穹和談一下，看看是不是解除婚約算了。」

傅華說：「是啊，這種事最好是兩廂情願。好了，如果你不想教訓我的話，我想回去了，我家裏的那位還不知道對這件事會怎麼看呢。」

胡瑜非笑笑說：「是啊，女人的事確實很難搞，你自求多福吧。我派車送你回去。」

傅華說：「好。謝謝你。」

胡瑜非又說：「你現在已經知道我不會去追究你什麼了，是不是可以老實告訴我，你昨晚跟高芸究竟有沒有發生點什麼啊？」

傅華發誓說：「真的沒有。」

胡瑜非笑說：「如果真的沒有，那你這傢伙的自制力很強啊，很少有男人遇到這種情況會不下手的。」

傅華說：「其實也無需自制力了，那晚高芸喝得爛醉如泥，吐得到處都是，房間裏充滿了酒臭味，這種情況下，男人自然會敬而遠之了。」

胡瑜非恍然大悟說：「原來如此。」

胡瑜非就派車送傅華回家，傅華回到家，鄭莉已經煮好飯，吃飯時，傅華不時偷眼去看鄭莉的臉色，想從她的臉上看出她有沒有異狀。

鄭莉察覺到傅華在看她，笑說：「你不好好吃飯，老看著我幹什麼啊？是不是又做了什麼虧心事了？」

「哪有！」傅華說道：「就是今天有篇報導，不知道你有沒有看到？」

傅華決定還是早點招供爲妙，否則等日後鄭莉自己發現更麻煩。

鄭莉笑說：「什麼報導啊，不會是財經快訊上的那些照片吧？」

傅華差點被噎到，沒想到鄭莉已經知道了，表情竟然如此淡定，這是怎麼回事，是在考驗他嗎？

傅華乾笑了一下，趕緊表白說：「原來你都知道了。你要相信我，根本就不是報導上說的那樣。」

鄭莉點點頭說：「我相信你。」

傅華不禁愣住了，說：「小莉，你說你相信我，這不是正話反說吧？」

鄭莉笑笑說：「當然不是了，我記得那晚你回來睡得很香甜。你這個人有個特點，如果做了對不起我的事，你會在我面前顯得很心虛。但那天你沒有，所以我相信你。」

傅華總算鬆了口氣，說：「你早說啊，害我今天一直在擔心你會誤會我呢。」

鄭莉沒把這件事當回事，笑笑說：「我現在忙得要命，哪有什麼時間去誤會你啊。」

傅華聽鄭莉這麼說，原本高興的心情又變得有些沮喪了，他感覺鄭莉沒有那麼在乎他了，所以並不介意他做了什麼。

他不禁看了鄭莉一眼，想說你最近也太把心思放在工作上了吧，但是猶豫了一下還是沒說。鄭莉對他這麼寬容大度，他又怎麼好再去說她的不是呢。他也無法要求鄭莉爲了家庭犧牲事業，只好忍耐下去了。

第二天上午，傅華正在辦公室忙著，高芸敲門走了進來。

昨天在胡瑜非那裏，傅華已經弄明白很多事實際上都是高芸搞出來的。晚上睡覺時，他通盤的回想整件事的過程，深深地感覺到實際上高芸並不是真的對他有什麼好感，根本就是在利用他對付胡東強，好達到跟胡東強解除婚約的目的。

他有一種被耍的感覺，便對高芸十分反感，冷淡地說：「你找我有事？」

高芸關心地說：「我聽說你昨天被胡瑜非給帶走了，沒發生什麼事吧？」

傅華瞅了高芸一眼，說：「你說呢？」

高芸看出傅華有些生氣的樣子，歉意的陪笑說：「不好意思啊，傅華，我沒想到事情會變成這樣，對不起，讓你被我牽累了。」

傅華反問：「高芸，你真的沒想到嗎？你會沒想到才怪吧，那個敲詐我的男人跟我通過話，怪我不該把照片洩露出去，我沒洩露，所以根本就是你捅出去的，你還來假惺惺的問我沒發生什麼事？你是不是覺得我很傻，可以把我耍得團團轉啊？」

昨天雖然沒有發生什麼危險，但是傅華此刻回想起來，還是心有餘悸；萬一胡瑜非真的發怒，誰知道他會面臨什麼下場啊。

高芸尷尬地說：「我絕對沒有要耍你的意思，我問過你，照片散播出去的話會不會有什麼影響，你說問題不大的。如果你老婆對你有什麼誤會，我可以當面去跟她解釋的。」

傅華不滿地說說：「問題不大所以你就把它捅給媒體嗎？還編出什麼豪門情變的故事，你想過會引起什麼樣的後果嗎？你這麼做，等於是在全北京人面前打胡瑜非的臉，如果被他知道了這件事是你做的，你猜他會怎麼對你呢？」

高芸偷眼看了一下傅華，說：「你不會把這件事告訴了他吧？」

傅華質問說：「怎麼？你害怕了，你不是挺聰明的嘛，這點小事還能難得住你嗎？」

高芸挺直了腰板，說：「我不怕，他要怎麼對付我讓他來吧，反正也好過我嫁給胡東強痛苦的過一輩子。」

傅華譏刺說：「你這時候倒挺有膽氣的，既然這麼有勇氣，爲什麼不直接跟胡瑜非說，非要把拖我進這個泥沼裏來呢？」

高芸嘆說：「我面對的不僅僅是胡瑜非，還有我爸爸，如果我不把事情弄到不可收拾的地步，他們又怎麼會同意解除婚約呢？至於拖你進來，我也很不想，不過正好因爲被人拍了照片，我只不過是利用這個機會罷了。你別生我的氣了，好嗎？我會給你做出補償的。」

傅華不屑地說：「你要怎麼補償我啊？昨晚我被胡瑜非的人打了一頓，你是不是也讓我打一頓啊？」

高芸說：「如果打我一頓你能解氣的話，儘管打吧。」

傅華搖搖頭說：「我是不會打女人的。」

高芸笑笑說：「我就知道你下不了手，既然不打的話，你想要別的補償也可以啊，隨便你提什麼要求都行，只要我能做到的，我都會滿足你。」

傅華看著高芸說：「隨便什麼要求都行嗎？」

高雲鄭重地點點頭說：「隨便什麼要求都可以，說吧，你想要什麼？」

傅華說：「我想要的很簡單，以後請你離我遠一點，我不想再被你利用了！還有，你父親的問題你自己解決，我可不想再被他抓去打一頓了。」

高芸趕忙說：「我父親那邊沒事的，你別這麼小氣好不好，照片的事我事先問過你了。你這麼好，一定願意幫我跳出這個火坑的。」

傅華自嘲說：「是啊，我這麼好，願意被人把車給砸了，還被打了一頓。」

高芸怔了一下，隨即說：「這你也知道了？」

傅華說：「昨晚胡東強也在，他說是看到你在酒店門口跟我擁抱，所以才找人教訓我的，高芸，你不要告訴我你不知道胡東強就在附近啊？我當時就很納悶，你沒喝多少酒，

怎麼會醉了呢？」

高芸說：「這我承認，我是看到胡東強在不遠處，才故意抱了你，不過我只是想氣氣他而已，沒想到他會做出那種惡劣的事來。事後我也感到很抱歉，跟你說要賠償你，是你自己不要的。再說，你事先答應我要幫忙的。」

傅華納悶的說：「我什麼時候答應你了？」

「你不記得啦？」高芸笑說：「那次我跟高原跟你吃飯的時候，你不是說願意幫我一個忙的嗎？」

傅華苦笑了一下，說：「這樣也算我答應幫你了？」

高芸笑笑說：「當然算了，你那麼富有正義感，間接地幫我一個忙，應該不會介意吧？」

傅華又問：「那以後的事呢，暗示我可以隨便帶你到什麼地方去，還有你在酒吧喝醉，是不是都是事先設計好的？」

高芸說：「那次我是真心想要你把我帶走的，不過也不能說沒一點私心，我是氣胡東強在外面亂來，憑什麼就他能跟別的女人在一起，我也可以跟別的男人在一起的啊，我想報復他。至於酒吧喝醉的事，並不是我設計的，我只不過利用了那些照片而已。」

說到這裏，高芸看著傅華說：「我不是個隨便的人，我也是對你有感覺，才選擇你作爲報復胡東強的工具的。傅華，你還記得我跟你說我夢到你的事嗎？那可是發生在我家泳池邊的旖旎美夢。」

傅華差點驚叫出來，沒想到他和高芸會做一樣的夢，難道他們真的心有靈犀，才會有同樣的感應嗎？

高芸笑笑說：「你不用那麼看我，我說的是真的，傅華，這幾年來，你是唯一一個讓我心動的男人。」

傅華看高芸向他表白，趕忙說：「夠了，你不要再跟我說這些了，你利用我的事我也不跟你計較了，你把照片捅出去的事我也沒告訴胡瑜非，我們之間就到此爲止……」

「你沒告訴胡瑜非啊，」高芸驚喜的叫道：「那真是太好了，我還擔心胡瑜非會因此遷怒於和穹集團呢。而且，讓我父親知道照片被報導的事是我搞出來的也不好。傅華，我就知道你對我最好了。」

高芸忍不住抱著傅華狠狠的親了他的臉頰一下，傅華慌忙推開高芸說：「你幹嘛啊，這是辦公室，小心叫人看到。」

高芸笑說：「膽小鬼，你怕什麼啊，看到了我就說是你的情人。」

傅華正色說：「拜託，你以爲我是胡東強啊，可以隨便跟女人在一起都沒人管嗎？哎，現在照片曝光，我還不知道海川市會怎麼處理這件事呢？」

他已經有過前科了，十分擔心一些有心人會借這件事情大做他的文章。

高芸保證說：「你如果擔心上級爲難你，我可以幫你跟他們解釋的。」

傅華心說：你想解釋人家也得聽啊，有人想做我的文章很久了，一直找不到理由，現在你把理由送上門來，他能輕易地放過嗎？

官場上的事就是這樣，取決於領導對你的態度。他如果賞識你，就會大事化小，小事化無，再大的問題也能解決掉；反之，就會借題發揮，一件芝麻小事也能把你整得七葷八素的。這一點，不是身在官場的人是不會了解其中奧妙的。

傅華說：「這倒不用了。你也不用擔心胡瑜非，其實胡瑜非要你嫁給他兒子，是欣賞你的才能，希望將來你能幫胡東強管理好天策集團。他現在已經覺得這麼做不太好了，昨晚跟我說會找你父親商量解除婚約的。」

高芸興奮地說：「那太好了，我爸爸正頭疼要如何跟胡瑜非解釋這件事呢。這下子問題可就迎刃而解了。」

傅華問：「你是怎麼說服你父親同意解除婚約的？」

高芸笑說：「這還要感謝報導上那幾張照片啊，我父親看到後，就來問我究竟是怎麼一回事。」

傅華緊張的看著高芸，說：「你怎麼回答的？你不會跟他說真有這麼一回事吧？」

傅華很擔心高芸爲了擺脫這場婚約，會把他也賣了。如果高穹和以爲他跟高芸真有什麼不可告人之事，高穹和絕不會放過他的。

高芸說：「你放心，我沒出賣你。我跟他說事情並不像報導上說的那樣，但是如果繼續這樣下去，難保不會真的跟你做出報導上所說的事。因爲嫁給胡東強這件事真的快把我給逼瘋了。我爸爸想了很久，終究還是心疼我這個女兒，就答應我，說要給胡瑜非一定的補償，換取他同意解除婚約。」

傅華聽了說：「總算你這個父親還有點人味。」

高芸說：「你別這麼說我爸，其實這件事他也很爲難，胡瑜非幫了我家很大的忙，那時我對這件事並沒有反對，所以我爸才會答應這樁聯姻的。只是沒想到事情最後會演變成這樣。哎，說起來這也要怪你啦，你不來攪和，說不定我就會認命的嫁入胡家的。就是因爲你幫高原爭取婚姻自主，我才覺得自己很委屈，爲什麼要嫁給胡東強這樣一個不拿我當回事的人呢？」

傅華笑說：「這麼說還是我破壞了你的大好姻緣了？」

高芸說：「當然囉，不過也真心的謝謝你，你知道嗎，昨晚我父親答應我願意去解除婚約，我整個人感到從未有過的輕鬆。」

傅華嘆說：「你倒是輕鬆了，你父親可就沉重了，就算胡瑜非不追究什麼，他也會覺

得欠了胡瑜非一個很大的人情，這對他來說，會是一個很大的心理負擔。」

商人首重信用，高穹和悔婚，等於是對胡瑜非失信，爲了彌補這一點，他必然要付出很大的代價來做這個交換。

高雲點點頭說：「是啊，我父親那個人做事向來講究承諾，答應的事從不反悔，這次爲了我跟胡瑜非悔婚，對他來說確實是很艱難的決定。」

海川市，市委書記金達辦公室。

金達正在撕開一份來自北京的快遞，裏面是一份財經快訊，金達翻了一下，就看到高芸和傅華的照片。寄信人擔心金達沒注意到照片上的人是誰，還特別用黑色的粗筆把傅華的腦袋給圈了出來。其實不用圈，金達也一眼就認出照片上的男人是傅華。

除了報導，信封裏再無其他的東西。想來寄信的人是想要他注意到傅華的私生活作風問題。

金達感覺要憑這點東西整治傅華稍顯薄弱，照片上的傅華和女人雖然顯得好像很親密，但是還沒有到能夠置傅華於死地的程度。雖然金達心中對傅華恨得牙癢癢的，但是他不敢輕舉妄動。他擔心沒弄好，反而會受到傅華的反擊。

上次傅華講的那句話，他一直忘不掉，蹇千里這個故事太諷刺人了，金達覺得傅華把他比喻成一隻大而無用的黔之驢，越想越覺得羞辱，這個傅華實在是太囂張了，居然敢這麼對他這個市委書記。

金達正看著報紙，思索要如何利用這份報紙的時候，有人敲門，金達將報紙收到了抽屜裏，然後喊了聲進來。孫守義走了進來，說：「金書記，您有時間嗎？」

金達說：「什麼事啊，老孫？」

孫守義把一份報告遞給金達，說：「您先看看這個。」

第十章

一臂之力

這次金達倒沒有推拒，說：「又要麻煩你，真是不好意思啊。」

喬玉甄心說這傢伙進步不少，不再假惺惺的推辭了，這也説明金達跟她的關係又進了一層了便笑笑說：「跟我還客氣什麼啊，我只不過助你一臂之力罷了。」

金達接過來，是一份在海川市設立新區的規劃設想報告，報告說海川市區這幾年經過密集開發，土地利用已經達到飽和，市區內再無可以大規模開發的地塊了。這對海川來說並不是件好事。

有鑒於此，有必要開發一片新的市區來，讓海川市獲得新的發展空間。因此報告建議設立新的市區，將市中心東移，政府部門也遷出舊有的市區，利用行政中心的優勢帶動新區的發展。

另一方面，在新區範圍內，規劃校園、體育場、工業園區等設施，把新區建設成爲高檔次有活力的功能和產業結合的高增長區域，從而起到龍頭作用，帶動海川市的GDP增長。

金達看了，感覺這個計畫很有創見，海川市區的經濟確實到了一個瓶頸，建設一個新區出來，不但能減輕老城區發展的壓力，新區建設也會成爲一個很大的經濟熱點，就說：「不錯啊，老孫，這個設想很好，很有前瞻性。這是你搞出來的嗎？」

孫守義搖搖頭說：「這個我可不敢貪功，這是新來的胡副市長規劃的，他這段時間下去調研，就在思考這件事。」

雖然胡俊森來了有一段時間，但是金達跟他的接觸並不多，因此對胡俊森並不十分瞭解，印象中只覺得這個人有些傲慢，但眼前這份規劃報告，讓金達不得不承認人家是

有傲慢的本錢。這份報告做的很扎實，說明胡俊森下去調研並不是走走形式，是真的下了功夫的。

金達稱讚說：「很好，我們海川市終於來了一個能幹點事情的副市長了，這個博士副市長很有水準啊。」

孫守義笑說：「那您是贊同這個規劃設想了？」

金達點點頭說：「我個人很贊同，但是真正要去實施，還需要先做一些充分的論證，回頭開個擴大會議，讓俊森同志做個彙報，然後大家討論一下，再報到省裏，看看省裏的態度如何。」

孫守義同意說：「我們必須要爭取到省裏的支持才行。還有新區的建設資金也是個問題，希望省裏也能夠支持我們一下。」

金達說：「省裏財政也沒多少錢的，你想讓他們支持恐怕很難。不過我倒不擔心這方面的問題，你忘了俊森同志原來是做什麼的了嗎？融資可是他的專長，我想把資金問題交給他來解決，應該問題不大吧。」

孫守義笑說：「我倒是忘了這一點了。」

金達說：「老孫，新區如果能確定下來，對我們海川可是一個很大的發展契機，我們可以趁機讓海川的面貌得到一個很大的提升，也算是我們為官一任造福一方了，回頭我們要跟俊森同志好好的合計合計，如何把方案完善化，從而得到省裏對我們的支持。」

東海省委，呂紀辦公室。

金達將胡俊森關於新區的設想跟呂紀作了彙報，想尋求呂紀對這件事的支持。

講完，金達滿懷期待的看著呂紀，他認爲這麼好的事，呂紀一定會大力贊同的。哪知道根本就不像他想的那樣，呂紀聽完後，半天沒講話，神情之間並不像要支持這個新區的樣子。

過了一會兒，呂紀才抬起頭來，看著金達說：「秀才，你真的想搞這個新區嗎？你認真的思考過這裏面的利害關係嗎？」

金達點點頭說：「是啊，我很認真的思考過，也跟孫市長、胡副市長做過詳盡的討論，我們都覺得這個對海川市的經濟發展很有利。」

呂紀說：「新區的設想是很好，但是設想好並不代表真的好，不能僅僅是空想啊，你想過沒有，建設新區的錢從哪裡來啊？我先警告你，你可別打省財政的主意，省裏也十分缺錢。」

金達說：「這個我們討論過，省財政能支持我們當然最好，如果不行的話，我們會向外融資。這是胡副市長最擅長的。」

呂紀質疑說：「秀才，這可不是幾億資金能夠解決的，說不定要上百億的資金投入呢，你要胡俊森去搞這麼一大筆錢來，是不是也太瞧得起他了？」

金達很有信心地說：「胡俊森這個人看上去很有能力，問題應該不大的。」

呂紀笑笑說：「好，我們先不爭這個，把錢的問題放一邊去。還有別的問題，新區的規劃論證、規劃設計，這都需要很長時間才能確定。還要向上級部門報批，等這些事情都搞定，沒個一兩年的時間是不行的。這還是初步的工作，要真正讓新區成規模，還需要很長的時間才可以。現在問題就來了，秀才，你有這個時間嗎？」

金達愣了一下，他這屆的任期已經過了一部分，照呂紀這麼說，恐怕到他任期結束時，這個新區還不一定能有眉目呢。如果是那樣的話，等於是做了白工。

呂紀問到重點了，這不是短時間見效的項目，對他的政績來說，幫助不大。沒用的事還去做它幹什麼呢？金達一想，原本高昂的興致立馬就被打掉了。

呂紀看金達半天沒說話，就說：「所以啊，秀才，有些時候你不要一拍腦袋就做決定。是啊，乍看上去是很好，但仔細分析一下你就會明白，事情並沒有你想得那麼好。」

金達有些沮喪地說：「是我把事情想得太簡單了。」

呂紀笑笑說：「這不僅僅是想得太簡單而已，現在全國各地都在盲目的大搞什麼高科技區的，到處都在招商引資，已經有氾濫成災之勢。但是哪裡有那麼多客商會來投資啊？

全球經濟都不景氣，有錢人就那麼幾個。國內這些年的招商引資，該來的也差不多都來了。新區建起來的時候，你要去招攬誰啊？」

金達沒什麼底氣地說：「總還是能找到一些人吧？」

呂紀搖搖頭說：「你說得輕巧。我最近看了幾個開發區，你知道是什麼情形嗎？都是一大塊地閒置在那兒，根本沒有資金投入，就放在那裏長草養蚊子。」

呂紀說到這裏，頓了一下說：「秀才，你還是對這個問題沒想透啊，你以爲這個項目會給海川增長GDP，實際上，新區如果建設不好的話，不但不會成爲政績，反而會成爲你的施政敗筆。」

金達點點頭，受教說：「是的，我沒把這個問題想透徹。」

呂紀又語重心長地看著金達說：「秀才啊，我一向覺得你挺有戰略眼光的，這次是怎麼啦？胡俊森提出這個計畫我並不意外，他以前沒有在政府部門工作的經驗，很多事情自然很理想化。怎麼你也會跟他犯一樣的錯誤呢？你最近都在想些什麼啊？」

金達想到自己這陣子被升官的事迷了腦袋，有些心虛地說：「也沒想什麼啦。」

呂紀教訓說：「秀才，我不是跟你說過，你要把目光放長遠一點，你現在已經是海川市的一把手了，在海川已經發展到了頂點，要跳出海川來看問題。」

呂紀自覺他在東海不會再待太久了，齊東市市長王雙河被舉報，鄧子峰借機向他施

壓，撤換了王雙河的職務，把他調去省文聯出任文聯主席，他不用坐牢還當正廳級的幹部，算是很幸運了。

讓呂紀產生危機感的是，接任齊東市市長的人選，鄧子峰提名由市委副書記詹鐵城出任，詹鐵城是孟副省長的嫡系，鄧子峰提議詹鐵城出任市長，是在出手收編孟副省長的人馬，說明鄧子峰和孟副省長已經有合流的趨勢了。而孟副省長之所以不再跟鄧子峰鬥下去，一定是從什麼管道得知鄧子峰即將成爲東海省的主宰，不得不低這個頭。

呂紀也得知中央對他在東海的工作很不滿意，最近有可能要調整東海省的班子，就是他從東海出局，鄧子峰上位。原本照呂紀的設想，他如果能做兩任的省委書記，就可以將金達扶上副省長的位置，但是目前看來，他這一任能不能做滿都還很難說，自然無法安排金達的仕途了。

金達知道呂紀對他的關切，笑笑說：「我知道，我已經跟北京的朋友有了一些聯繫。」

「哦，」呂紀驚喜的說：「秀才，你終於開竅了。你要知道，到了一定層次後，政績已經不是考量的主要方向，關鍵是你要被上面的人注意到。跟你透個底吧，我很可能就要離開東海省了，未來你要靠自己啦。」

呂紀接著說道：「我離開東海省後，東海省政壇必然會有一場大洗牌，這對你來說，可能是一個機遇，也可能是一場災難，究竟會怎樣，就要取決你怎麼去做了。如果處理得好的話，你就可以趁勢而起，進入省領導的行列；處理不好的話，恐怕你的市委書記都不一定能保得住。怎麼做，你自己斟酌吧。」

金達感激地說：「我心中有數了。」

呂紀說：「所以我反對搞什麼新區，也是為你好。現在的時機很敏感，不宜搞什麼大動作。孫守義和胡俊森如果想折騰的話，你就讓他們去弄好了，你不要過多的參與，還是趕緊佈局未來吧。」

金達離開呂紀的辦公室，在回海川的路上便給喬玉甄打了電話。

他不好直接問喬玉甄，說他想知道謝精省那邊有沒有關於最近東海省要調整班子的事，就笑笑說：「也沒什麼事，就是想跟喬董說一聲，土地證的事我跟相關部門催過了，他們說會儘快辦理的。」

喬玉甄知道金達這是向他賣人情，就說：「那真是謝謝您了。」

金達說：「你跟我客氣什麼啊，這樣的話，我豈不是要謝謝你幫我引薦謝副部長了？誒，最近你見過謝副部長沒有啊？」

原來金達打電話來，是想探聽謝精省的消息的，喬玉甄說：「這幾天我沒有見過謝副部長，您是不是想瞭解什麼事情啊？」

金達稍微透露說：「我聽到一個傳言，中央想調整東海省的班子，不知道是真是假。你知道官場上向來是有風就有雨的，所以我想瞭解一下，更想知道中央要做怎樣的調整。」

喬玉甄聽了說：「這樣啊，那回頭我幫你問一下謝副部長吧。您有沒有什麼想法啊，要不要我順便幫你問一下啊？」

金達有些不好意思的說：「在官場上混的，誰沒有想法啊，只是不知道有沒有這個機會了。」

喬玉甄爽快地說：「我幫你問一下不就行了?!回頭等我問過之後再給你電話了。」

金達高興地說：「那就謝謝你了。」

北京。

下班時，傅華剛走出海川大廈，就看到一輛賓士車車窗搖了下來，高穹和坐在車裏衝他招了招手。說：「傅先生，有時間我們一起吃頓飯嗎？」

傅華笑說：「不會是鴻門宴吧？」

高穹和說：「你怕嗎？」

傅華搖搖頭，說：「我已經會過胡瑜非了，也不差再會會您高董了。」

高穹和說：「那還等什麼，上車吧。」

傅華就上了車，車子開出去後，高穹和對傅華說：「傅先生，我跟天策的胡董已經談過了，他同意解除小芸和胡東強的婚約了，你現在滿意了嗎？」

傅華說：「我有什麼滿不滿意的，這又與我無關。」

高穹和反問說：「既然與你無關，那你攪和個什麼勁啊？沒有你的介入，小芸和胡東強還是未婚夫妻呢。」

傅華不好說其實都是高芸搞的鬼，只好說：「不管您相不相信，我真的沒想要在這件事情上獲得什麼好處的。」

高穹和看了傅華一眼，說：「你是不是覺得你這是做了一件好事啊？」

傅華說：「好不好我不知道，但是起碼高芸並不想跟胡東強這種不在乎她的人結婚，從這個角度上，我覺得還是一件好事。」

「女人懂什麼？」高穹和冷笑一聲，說：「女人腦子裡想的都是一些花前月下、不切實際的事。等遇到實際的困難時，她就知道我是為她好了。」

傅華不認同地說：「這我可不敢苟同，好不好她自己心裏清楚。」

高穹和反問道：「你不敢苟同，你沒做過生意，你懂這裏面的艱辛嗎？你知道一個企業要做大需要些什麼嗎？這可不是你有頭腦或者努力就能做到的。你曉得當初我們和穹集團剛有點規模的時候，有多少人想把我們吃掉嗎？」

高穹和說到這裏，指著傅華說：「這裏面甚至包括像你這樣的政府官員，而且政府官

員巧取豪奪的方式更狠，他們想用政策的名義把我給吞掉，我還無處可講理去。所以做企業沒靠山的話，基本上是不可能的。因爲企業一大起來，就成了別人眼中的肥羊，他們不把你吃掉是不甘心的。」

傅華有些無語，因爲確實有這種例子。

高穹和繼續說道：「其實我讓高芸嫁給胡東強，是兩利的行爲。自從我們兩家確定聯姻關係後，來騷擾我們的人明顯減少了。和穹集團能有今天的規模，也與胡瑜非對我們的幫助有很大的關係。還有，你想過沒有，將來如果我不在了，高芸和高原這兩個女孩子要怎麼保住和穹集團啊？有胡家人在，她們還有靠山。但是這一切都被你給毀掉了。」

傅華苦笑說：「高董，這你不能怪我吧，我在其中也是被動的角色，我只是適逢其會，並沒有故意要去拆散誰的。」

高穹和嘆了口氣說：「也是啊，不能都怪你，胡東強做的一些事也很讓我反感，高芸接受不了，我這個做父親的也不能強迫她。誒，你跟我說，你對高芸究竟是怎樣打算的？」

「我怎樣打算？」傅華愣了一下，說：「高董，我想你對我有些誤會，我跟高芸很清白的，沒發生過任何事情。」

高穹和笑了笑說：「胡瑜非也是這麼跟我說的，他相信你們並沒有什麼。不過，現在沒有，不代表將來沒有，我看得出來高芸那丫頭挺護著你的，在我面前還一直幫你解釋，如果不是她心裏有你，又怎麼會這個樣子呢？」

傅華說：「那高董的意思是想讓我怎麼做呢？」

高穹和說：「我當然不願意我的女兒跟一個有婦之夫來往，既然你不想離婚娶她，所以我還是希望你跟小芸保持距離。」

傅華點點頭說：「這個我一定會的。」

說話間，到了酒店，兩人找了個雅間，高穹和點了幾道菜，叫了瓶二鍋頭，給傅華倒了一杯，然後端起酒杯說：「來，喝一杯。」

兩人碰了杯，各自喝了酒，高穹和說：「其實你這傢伙還不錯，胡董也對你讚譽有加，說你很有膽色，明知道我們兩家財雄勢厚，依然敢挺身而出，算是個人物。可惜你沒有要娶小芸的意思，不然我是不會反對你跟她在一起的。」

這讓傅華很意外，詫異地說：「我還以爲高董恨死我了呢。」

高穹和說：「我說的那些都是從利益上考量的，但人總不能什麼都從利益出發吧？我這個做父親的看到小芸那麼痛苦，心裏也很難過啊。從一個做父親的角度上，我還是要謝謝你，起碼現在我的兩個女兒看上去都很快樂。」

高穹和接著說：「還有一件事我要跟你說，你不要以爲這件事就這麼過去了。」

傅華有些緊張起來：「怎麼，高董不會是還有什麼賬沒跟我算清楚吧？」

高穹和說：「不是我，是胡東強。雖然胡董不想追究這件事了，但是我看胡東強對這件事很不平，你這是狠狠地打了他的臉，我擔心他會故技重施，再找人私下對付你。」

傅華聳聳肩說：「我不怕他，他也就是個紈褲子弟，如果沒有父親罩著他，他什麼都不是。他伏擊我的賬我還沒跟他算呢，如果他再來惹我，我會新賬老賬一起跟他算的。」

高穹和看了傅華一眼，說：「話說得倒是挺硬氣的，他可能會找道上的混混來對付你的。」

傅華不以爲意地說：「這我有辦法對付他。」

高穹和又說：「傅先生，還有一件事我想問你，你跟喬玉甄很熟嗎？」

「高董怎麼問起喬玉甄來了？」

這次和穹集團狙擊喬玉甄失敗，高芸損失了很大一筆錢，高穹和是因爲這個才問的嗎？

高穹和說：「我想搞清楚這個女人的背景，上次她通過一位高級領導施壓，讓我們退出灘塗地的競爭，這次又讓小芸吃了很大的虧，我們和穹集團可不能就這麼算了。」

傅華說：「以前我們曾是朋友，但是現在已經很久沒聯繫了。至於她的背景，我所知不多，只知道她來自香港，還有跟很多高層關係密切。」

高穹和說：「你說的這些我知道，只是我一直不明白她是怎麼在北京發跡的。我查到的資料顯示，她來北京前，只是一個小公司的老闆。但是到了北京後，像是一夜暴富似的。」

傅華搖搖頭說：「我跟她並無深交，所以這個我也不清楚。北京本來就是個神奇的地方，什麼事情都有可能發生的。」

高穹和頗有深意的看了傅華一眼，說：「你跟她真的沒有深交嗎？我接獲的消息可不是這麼說的，好像你們的關係很不錯啊。」

傅華依然說：「真的沒有。我們的關係也僅僅是不錯而已。」

高穹和說：「沒有最好，這種背景複雜的女人還是離她遠一點比較安全。稍有不慎，就會惹禍上身的。」

回到海川後，第二天上班，金達就把孫守義叫了過來，對孫守義說：「老孫，關於新區的事還是先緩一緩吧。」

孫守義愣了一下，他正鼓著勁想大幹一場呢，沒想到金達去了一趟省委，回來第一句話就洩氣了。於是忍不住說：「怎麼，呂紀書記不支持我們嗎？」

金達點了點頭，「呂紀書記認爲現在各地的開發區已經建得太多，造成閒置，不讓我們湊這個熱鬧。」

孫守義立即反駁說：「話不能這麼說啊，我們想建的可不僅僅是開發區，而是要把行政中心移出去，這個意義不同的。」

金達說：「老孫，這我知道，但是呂書記已經發話了，我再說別的都沒用了。」

孫守義不甘心的說：「那我們前面做的那些討論不就白費了嗎？」

金達說：「也不能算是白費了，只是先放一放吧，現在這個時機並不合適。」

孫守義擔心地說：「胡俊森同志恐怕會很失望的，這個新區的設想可是費了他很大的心血。現在還沒開始就被喊剎車，我想他一定很難接受。」

金達說：「你多做做他的安撫工作吧。」

從金達的辦公室出來，孫守義回到市政府，剛到辦公室坐下，胡俊森就過來找他了，拿了一份海川市地圖，興致勃勃的對孫守義說：

「市長，我走了幾個地方看了看，感覺在海平區和市區之間的地帶很適合作爲新區的選址。這裏地形開闊，很大一部分還沒開發。把新區放在這裏，還能帶動海平區的經濟發展。您覺得我選的這個位置怎麼樣啊？」

胡俊森這麼熱血沸騰的樣子，讓孫守義都有些不好意思開口說要把這件事擱置了。

孫守義便笑了笑，把攤開的地圖給合了起來，說：「俊森同志，你選的這個位置確實很好。金達書記和我對你都十分滿意。不過，目前還不適合在海川搞什麼新區，你的想法太過前衛了。」

胡俊森沒想到孫守義誇了他半天，最後的結論卻是這樣，頓時有被潑了一桶冷水的感覺，他困惑的看著孫守義，說：「市長，我們不是研究得好好的嗎？怎麼您又反悔了呢？」

孫守義解釋說：「俊森同志，不是我反悔，而是金達書記跟省委書記呂紀同志作了彙報，呂書記對此有不同的看法，不贊同我們這麼做。」

胡俊森不解的說：「爲什麼？開闢新區對海川未來的發展是很有利的。」

孫守義說：「呂書記的意思是現在這種新區太多了，很多新區都在閒置狀態，所以不希望我們犯同樣的錯誤。」

胡俊森不滿地說：「這是兩回事，海川目前的發展需要這個新區，開發新區的目的是爲海川爭取新的發展空間，呂書記沒搞清楚，怎麼能就隨便下結論呢？」

孫守義見胡俊森竟公然指責呂紀，嚇了一跳，便勸阻說：「俊森同志，我理解你現在的心情，但是呂書記的看法也很有道理，所以這件事情就這樣吧，新區的事情你就不要再管了。」

哪知道胡俊森根本不聽，堅持己見說：「不行，呂書記這個決定是錯誤的，我們不能因爲他是省委書記就盲從，應該想辦法去說服他才對。」

孫守義有些傻眼，這個胡俊森忘了他是他的頂頭上司了嗎，居然還頂撞他！便好心地提醒他說：「俊森同志，話不能這麼說，作爲省委書記，呂紀同志這麼做也有他的考量。」

但是胡俊森並沒有領會孫守義的好意，仍然固執地說：「市長，我覺得他的考量是錯的，所以才想要去說服他的。」

這傢伙怎麼點不醒啊，他的話都說得這麼明白了。孫守義苦笑了一下，說：「俊森同志，你不明白我的意思嗎？呂紀書記是我們的上級領導，作爲下級，我們要服從他，而不是跟他對著幹。」

胡俊森看了孫守義一眼，這次他總算聽明白孫守義想要表達的意思了。但是他並沒有像孫守義預想的那樣打退堂鼓，反而更加堅持了。

他說：「市長，您畏懼呂書記的權威，我可不畏懼，他的決定是錯的，這一點並不因爲他是省委書記就有所改變。我要去找金達書記談一談，讓他跟我一起去找呂書記再做一次彙報，說服呂書記改變他的決定。」

孫守義心想：這傢伙這麼不知好歹，就讓他去金達那裏碰碰釘子，受點教訓也好。就沒好氣的說：「行，你想幹嘛就幹嘛去吧。」

胡俊森居然真的去找了金達，金達一開始還沒聽懂胡俊森的意思，等明白胡俊森是要去指出呂紀的錯誤，改變決定的時候，他不由得一陣錯愕，這個胡俊森也太幼稚了，居然想去說服呂紀。

金達不悅的說：「俊森同志，你有什麼資格說呂書記的決定是錯的？你想過沒有，建設新區的資金在哪裡？八字都還沒一點呢，你拿什麼建設新區啊？光有一腔熱血是解決不了實際的問題的。」

胡俊森爭取說：「沒有資金，可以想辦法融資，也可以招商引資。這些問題一定能夠解決的。」

金達怒斥說：「你不要想當然，建設新區的資金可不是一個小數目，融資就那麼簡單嗎？國內有多少項目也跟你有一樣的想法，結果呢，搞得一大片土地放在那裏長草。你能保證一定能引進足夠的客商和籌到資金嗎？你能擔保的話，就陪你走這一趟。」

胡俊森的態度軟化了下來，融資和引進客商都不是一兩句話就能辦好的，小聲地說：「這我不敢保證。」

「你不敢保證還這麼氣勢洶洶的幹嘛？」金達一拍桌子叫道。

金達對胡俊森十分不客氣，孫守義因爲還要跟胡俊森有工作上的合作，所以不得不顧著胡俊森的面子。金達則沒有這方面的顧忌，因此毫不留情的批評道：

「你真夠妄自尊大的，居然說呂書記的決定是錯的。你有這個能力去評判呂書記的決定嗎？他做這個決定是權衡了各方面的利弊才做的，又豈是你能瞭解的？」

胡俊森被訓得滿臉通紅，一聲不吭。

金達又說：「你可能還不適應新的崗位吧？你要知道政府部門是有政府部門的運作方

式的，這與你在企業工作不同。你這個新區的思路是好的，但是現在時機不對，勉強上馬，不但不能產生你想像中的效益，還會給海川造成很大的損失。你回去吧，暫時放一放，等時機到了我們再來談吧。」

胡俊森灰溜溜的走了，金達無奈的笑了一下，他在胡俊森身上彷彿看到當年他剛到海川時的那種衝勁。但是時間改變了他，現在的他，就像當年的市長徐正，想不到有一天他居然會變成跟自己厭惡的人一樣。

突然手機響了起來，是喬玉甄的號碼，金達趕忙接通了。

「喬董，你見過謝副部長了嗎？」

喬玉甄說：「見了，他說你的消息挺靈通的，中央是在醞釀調整東海省的領導班子，不過還沒有定案，可能還需要一點時間吧。」

需要一點時間，這對金達來說是一件好事，因爲這樣呂紀就會留在東海，而他也得到了更多的操作時間，他趕緊又問：「那謝副部長有沒有提到我的未來啊？」

喬玉甄笑了笑說：「我知道你最關心的就是這個，怎麼會不問呢。」

金達緊張地說：「那他怎麼回答你的？」

喬玉甄說：「他說這次東海省的變動會很大，你應該有機會往前走一步。不過也不是那麼容易，你的缺點是資歷太淺，暫時還沒辦法到更重要的崗位上去。」

喬玉甄繼續說：「我就對謝副部長說，金書記是個人才，這時候就應該提拔像金書記這樣的人才對。謝副部長答應說他會儘量幫你爭取的。」

金達十分激動，謝精省這麼說，那他往上的機率就又大了很多，便一迭連聲地說：「謝謝，謝謝你啊，喬董。」

金達突然想到另外一個問題，那就是需不需要在這個關鍵的時刻再送謝精省些什麼，上次謝精省收了紅珊瑚筆洗，表明他是接受賄賂的。

「誒，喬董，我是不是需要再送謝副部長點什麼啊？」

喬玉甄想了一下，說：「這倒也是，好吧，這件事情就交給我來處理吧，我會做出適當的安排的。」

這次金達倒沒有推拒，笑笑說：「又要麻煩你，真是不好意思啊。」

喬玉甄心說這傢伙進步了不少，不再假惺惺的推辭了，這也說明金達跟她的關係又進了一層了。

喬玉甄便笑笑說：「跟我還客氣什麼啊，我只不過助你一臂之力罷了。」

晚上，齊州市。曲志霞家的臥室。

曲志霞躺在床上無奈的忍受著丈夫在她身上的運動，自從吃過吳傾這道大餐，回過頭來再來吃翟勝傑這道家常小菜，翟勝傑就變得食之無味了。

這時曲志霞的手機響了起來，一看竟然是吳傾的號碼，便對丈夫說：「是吳教授的電話，你下來吧，我要接這個電話。」就按下接聽鍵，說：「吳教授您好。」

「你好啊，曲同學。我是想跟你說一聲，明天就是要來報到的日子，你可別忘啦。」

曲志霞心裏一熱，吳傾打這個電話是確認明天她會去北京，看來吳傾心中是牽掛著她的，就笑笑說：「教授，我不會忘的，我也在盼著去北京親聆您的教誨呢。」

吳傾聽了說：「那好，我們就北京見了。」

「行，教授，北京見。」

曲志霞掛了電話，雖然眼前面對的是自己的丈夫，她的腦子裏想的卻是吳傾，一想起跟吳傾的親熱畫面，忍不住情緒就高漲起來，一下占據主動位置，激烈的動作起來。翟勝傑承受不住，很快就繳械投降了。

翟勝傑喘息著說：「志霞。你今天好像有點反常啊，這麼興奮，是怎麼了？」

曲志霞心虛的說：「我這次去北京要不少天呢，不把你掏空了，萬一你找了狐狸精怎麼辦啊？」

翟勝傑聽了，大笑說：「你不用擔心，你又不是不瞭解我，我就算是有那個賊心，也沒那個賊膽啊。」

「你還敢有賊心？」曲志霞扭了翟勝傑耳朵一下，說：「你給我老老實實的，賊心賊膽都不許有，知道嗎？」

翟勝傑告饒地說：「知道了，老婆大人。」

與此同時，劉麗華的家中，劉麗華和孫守義之間的男女戰爭也在上演著。不過孫守義卻並不像翟勝傑那麼的投入，他顯得有點心不在焉。

他之所以顯得心不在焉，倒不是有什麼讓他擔心的事，而是因爲曲志霞要去北京學習，市政府就會有兩名副市長缺位，人力就有些捉襟見肘，他在想要如何調配才好，就有點分心了。

正當鏖戰完孫守義想要睡覺時，劉麗華嬌喘著說：「守義，你知道嗎，我們局裏剛空出來一個科長的位置。」

孫守義意識已經有些模糊了，有口無心的應了聲說：「哦。」

劉麗華接著說道：「你說，我來做這個科長好不好？」

孫守義已經快沉入夢鄉了，依舊哦了一聲。劉麗華這才意識到孫守義根本就沒在認真聽她說話，就有點惱火了，狠狠地說：「我就知道你根本不關心我！」說著，氣哼哼的一把將孫守義摟著她的胳膊給甩開，翻身把背朝向孫守義。

劉麗華這麼一弄，孫守義的睡意就被弄沒了，見劉麗華生氣了，趕忙伸手去搖了搖劉

麗華的香肩，陪笑著說：「怎麼了，別生氣啊，我剛才迷迷糊糊的沒聽清楚。你跟我說什麼啊？」

劉麗華氣惱的說：「沒聽清楚就算了，我就知道你心裏沒有我。」

孫守義安撫著說：「真的生氣啦，我這不是工作太忙，累了嗎？怎麼是心裏沒有你呢，你是我的小寶貝，我心裏沒有你還有誰啊？好了乖，趕緊說你剛才跟我說了什麼，我保證這次會認真聽你講話的。」

劉麗華撅著嘴說：「你真的會認真聽我講？」

孫守義保證說：「會，會，你剛才說了什麼啊？」

劉麗華說：「我說我們單位剛空出來一個科長的位子。」

孫守義不假思索地說：「怎麼了，這關你什麼事啊？」

劉麗華轉過身來看著孫守義，說：「這你還不明白我的意思嗎？」

孫守義詫異地說：「難道你想做這個科長？」

劉麗華點點頭說：「我不行嗎？」

這件事對孫守義來說並不難，不過是一個小小的科長而已，只要他出面，幾乎是不費吹灰之力劉麗華就能得償所願。於是爽快地答應說：「不就是一個科長嗎？我當多大的事呢，回頭我找人幫你安排一下就是了。」

劉麗華沒想到孫守義這麼爽快的就答應了，不相信地說：「真的嗎，你真的願意幫我當上這個科長？」她高興地抱緊了孫守義，說：「真是太好了，我還以為你會不答應我呢。」

孫守義笑了笑說：「你是我的寶貝，我怎麼可能不幫你呢？」

第二天上午，曲志霞就飛往北京，傅華將她接到海川大廈，稍作休息後，下午送曲志霞去辦理好報到的手續。然後曲志霞便帶著傅華去見了吳傾。

吳傾熱情的對曲志霞表示了歡迎，傅華注意到曲志霞見到吳傾時，臉紅了一下，眼神閃著亮光，像極了少女見到情人的表情，傅華不禁暗自心驚，想不到吳傾的手段這麼高超，這麼快就把曲志霞給收服了。

今天只是報到，不是正式上課，因此稍作寒暄之後，曲志霞就跟吳傾告別了。

傅華將曲志霞送回海川大廈，問曲志霞還有沒有別的安排。曲志霞說：「沒有了，傅主任，你明天安排車送我去上課就好了，今晚我想自己去逛一逛。」

曲志霞把傅華打發走，在房間裏轉了轉，心中急不可耐地想要去跟吳傾幽會。便自己搭車往北大的方向走。

在離學校不遠的地方，她找了間賓館，開了房間，就撥電話給吳傾，告訴他賓館的名字和房號，讓吳傾趕緊過來。

十幾分鐘後，吳傾就出現在曲志霞的房裏，一見面，兩人什麼話都沒說，就抱住對方開始親吻起來，展開一連串火熱的行動。

曲志霞渾身皮膚像觸電般發麻，心臟砰砰直跳，嘴裏忍不住發出陶醉的聲音，享受了前所未有的快樂。

稍事休息後，吳傾穿起衣服，臉也嚴肅起來，又恢復了那種名教授的架勢了。他對依然躺著的曲志霞說：「你休息一會兒吧，我要回去了。」

走到門口時，他又回頭對曲志霞說：「明天就要正式上課了，你要注意啊，在課堂上不要跟我顯得太親暱，這對你我的形象都不好。」

曲志霞笑笑說：「這我知道，你不用特別囑咐我了。」

第二天正式開始上課，曲志霞見識到吳傾另一個吸引她的地方。講臺上的吳傾引經據典，嬉笑怒罵皆成文章，讓一向心高氣傲的曲志霞也暗自心折，心說這個吳傾的名頭可真不是浪得虛名的。

曲志霞一直用仰慕的眼光看著吳傾，忽然感覺旁邊有一雙眼睛惡狠狠地在瞪著她，曲志霞心裏一怔。

瞪她的人叫田芝蕾，也是吳傾的研究生，只是年紀比她小得多，算是她的學妹吧。

一開始曲志霞尙且不明白田芝蕾爲什麼要瞪她，直到她看到田芝蕾看吳傾的眼神也是充滿了仰慕之意，跟她看吳傾差不多。這才明白原來這個田芝蕾是她的情敵啊。

田芝蕾比她年輕，也比她漂亮，她在田芝蕾面前沒有什麼競爭優勢，要是吳傾也喜歡田芝蕾的話，她註定要失敗的。這讓曲志霞很不甘心，於是也用惡狠狠的目光回敬田芝蕾，直盯到田芝蕾低下頭才作罷。

講臺上的吳傾講的正起勁呢，似乎不知道下面的兩位學生在第一天就因爲他而暗自較勁了。

曲志霞上課的時候，傅華正在海川駐京辦辦公。大約十點的時候，他接到劉康的電話。

劉康說：「傅華，我剛接到一個不好的消息，有人要出十萬花了你的臉。你最近出入要小心些。」

因爲高穹和提醒過他，胡東強不會善罷甘休之後，傅華就找到劉康，把事情原委告訴了劉康，請劉康幫他留意一下道上有沒有人要對付他。

傅華說：「劉董，小心是解決不了問題的，我可不想整天提心吊膽的過日子啊。」

劉康說：「那你想怎麼辦？」

傅華說：「我有些不成熟的想法，等會兒我過去您那兒，我們商量一下要怎麼應對。」

傅華就去了劉康那裏，劉康給他倒了茶，說：「傅華，說吧，你想怎麼辦啊？」

傅華說：「問題要解決就解決的徹底一點。我想好要怎麼去對付胡東強了，關鍵就要看劉董您幫不幫我的忙了。」

劉康笑笑說：「這話說的多餘了，我如果不幫你的忙，根本就不會通知你這個消息的。說吧。」

傅華說：「既然您得到了消息，那就是說您已經知道胡東強找了什麼人吧？」

劉康點點頭說：「是的，他找的這個人我知道。」

傅華說：「那他們跟您有交情嗎？」

劉康笑笑說：「沒交情可以套交情嘛。北京嘛，說大也不大，道上也就那些人，總會找到兩方都熟悉的人的。」

傅華說：「那就好，劉董，我想請您幫我約胡東強和他找的那幫人出來見見面，我想跟胡東強好好談一談。」

劉康詫異地說：「這有的談嗎？你把胡東強搞得這麼狼狽。北京人很愛面子的，胡東強又是名門闊少，你跟他的未婚妻鬧出那些事來，你讓他還怎麼在社交圈立足啊？他肯跟你談才怪呢。」

傅華說：「我跟他的未婚妻真的沒什麼，只不過是被她利用的棋子罷了。再說這胡東強並不是多壞，只是個被寵壞的孩子，我去跟他好好談一談，相信他會打消這個主意的。」

劉康卻質疑地說：「你可不要小瞧了他，這些二代可狠著呢。」

傅華笑笑說：「我心中有數的。」

劉康說：「那你還需要我幫你準備別的嗎？」

傅華搖搖頭，「不需要了。」

劉康說：「傅華，你這份膽色我很佩服，不過，你一個人去就不擔心胡東強當場對你不利嗎？」

傅華笑說：「我看透他了，他沒有這個膽量。如果他有這個膽量，就不會在背後偷偷摸摸找人來對付我，會跟我直接當面較量了。」

劉康還是不放心，就說：「要不這樣吧，我陪你走一趟。」

傅華婉拒了：「您出馬就有點殺雞用牛刀的意味了。我之所以敢一個人去跟他見面，其實也是借重您在道上的名望；您幫我出面約了人，對方就肯定不敢對我怎麼樣的，他們要是動我，豈不是不給您面子了？」

劉康聽了笑說：「你這傢伙，算的倒很清楚，行，那我就不去了。」

劉康就當著傅華的面打給一個外號叫做白七的人，說：「老七，你能不能幫我一個忙？」

白七笑說：「劉爺，您這話說的就寒磣我了不是，您要我老七做什麼，言語一聲就行了！什麼事啊？」

劉康說：「我聽說蘇強那裏接了一單活，要花了一個叫做傅華的臉，這個傅華是我的一個忘年交，他知道這件事之後找到了我，說是跟對方有點小誤會，想約對方見見面，解釋一下。你能幫我安排一下嗎？」

白七立即說：「這事簡單，您既然發話了，我就跟蘇強說一聲，讓他不接這一單不就結了嗎？」

劉康說：「別，你讓蘇強拒絕，對方就會找別人來做這件事，到時候更麻煩，我的朋友想徹底解決這件事，所以還是拜託你安排一下，行嗎？」

白七爽快地答應說：「行，那我就照您的吩咐安排，一會兒我給您回話。」

劉康就掛了電話，對傅華說：「等一會兒吧，他去跟對方交涉去了。」

傅華點點頭，問：「這個白七是什麼人啊？」

劉康說：「我早年的一個朋友，跟我混過幾天。你見了他可別叫他白七啊，他的名字叫白玄德，現在也做正當生意了，開了家公司，從事典當業，算是有頭有臉的人物。」

典當這行算是偏門生意，有點近似放高利貸，也因爲這個行業牽涉到的利益實在太多，罩不住的人根本就做不了。因此傅華聽說白七是做典當生意的，就知道這個白七一定是借助他在道上的勢力來做生意的。

劉康繼續說：「至於這個蘇強，原來是白七的一個小弟，後來白七做了正行，就給蘇強一筆錢把他遣散了，蘇強並沒有收手，拿著這筆錢養起了小弟，做些替人收賬、拿錢消災的事，現在在道上也算混出了點名堂。因爲他跟白七有過這麼一段，白七對他算是有提攜之恩，因此對白七尊重有加。他出面約見面，蘇強不敢不答應的。」

這時，劉康的電話響了起來，是白七打過來的，白七告訴他定今晚七點，在清心茶館見面，蘇強會帶著委託他們對付傅華的人一起來。

劉康說：「行，晚上我朋友會直接過去的，老七啊，你到時候幫我照看他一下，行嗎？」

白七愣了一下，說：「您不來啊？」

劉康笑笑說：「我都這把年紀了，不湊這種熱鬧啦，我現在更喜歡在家喝茶呢。」

白七失望地說：「我還以爲這次能見到您呢。」

劉康說：「我們老朋友要見面還不簡單嗎，改天我給你電話，我們倆單獨出去喝茶不是更好。」

白七高興的說：「那我等您的電話啊。」

劉康笑笑說：「一言為定。」

掛了電話，劉康再問了傅華一次：「你確定要一個人去，不需要我安排兩個人跟著？」

傅華笑說：「不用的，我又不是要去打群架。再說，人多人少並不是威懾對方的關鍵。」

劉康笑笑說：「這倒是，看來，你要為我們道上添上一段單刀赴會的佳話了。」

（第二輯完）

想看更多有關官商鬥法的內幕，請續看最新出版《權錢對決》！

官商鬥法 II 二十 如夢幻泡影

作者：姜遠方
發行人：陳曉林
出版所：風雲時代出版股份有限公司
地址：105台北市民生東路五段178號7樓之3
風雲書網：http://www.eastbooks.com.tw
官方部落格：http://eastbooks.pixnet.net/blog
Facebook：http://www.facebook.com/h7560949
信箱：h7560949@ms15.hinet.net
郵撥帳號：12043291
服務專線：(02)27560949
傳真專線：(02)27653799
執行主編：朱墨菲
美術編輯：吳宗潔

法律顧問：永然法律事務所 李永然律師
北辰著作權事務所 蕭雄淋律師

版權授權：蔡雷平
初版日期：2016年12月
初版二刷：2016年12月20日
ISBN：978-986-352-357-4

總 經 銷：成信文化事業股份有限公司
地　　址：新北市新店區中正路四維巷二弄2號4樓
電　　話：(02)2219-2080

行政院新聞局局版台業字第3595號 營利事業統一編號22759935
©2016 by Storm & Stress Publishing Co.Printed in Taiwan
◎ 如有缺頁或裝訂錯誤，請退回本社更換

定價：280元　特惠價：199元

版權所有　翻印必究

國家圖書館出版品預行編目資料

官商鬥法 II / 姜遠方 著. -- 初版. -- 臺北市：
風雲時代，2016.01 -- 冊；公分

ISBN 978-986-352-357-4（第20冊；平裝）

857.7　　105006537

風雲時代 風雲時代 風雲時代 風雲時代 風雲時代 風雲時代 風雲時代
時代 風雲時代 風雲時代 風雲時代 風雲時代 風雲時代 風雲時代 風
風雲時代 風雲時代 風雲時代 風雲時代 風雲時代 風雲時代 風雲時代
時代 風雲時代 風雲時代 風雲時代 風雲時代 風雲時代 風雲時代 風
風雲時代 風雲時代 風雲時代 風雲時代 風雲時代 風雲時代 風雲時代
時代 風雲時代 風雲時代 風雲時代 風雲時代 風雲時代 風雲時代 風
風雲時代 風雲時代 風雲時代 風雲時代 風雲時代 風雲時代 風雲時代
時代 風雲時代 風雲時代 風雲時代 風雲時代 風雲時代 風雲時代 風
風雲時代 風雲時代 風雲時代 風雲時代 風雲時代 風雲時代 風雲時代
時代 風雲時代 風雲時代 風雲時代 風雲時代 風雲時代 風雲時代 風
風雲時代 風雲時代 風雲時代 風雲時代 風雲時代 風雲時代 風雲時代
雲時代 風雲時代 風雲時代 風雲時代 風雲時代 風雲時代 風雲時代 風
風雲時代 風雲時代 風雲時代 風雲時代 風雲時代 風雲時代 風雲時代
雲時代 風雲時代 風雲時代 風雲時代 風雲時代 風雲時代 風雲時代 風
風雲時代 風雲時代 風雲時代 風雲時代 風雲時代 風雲時代 風雲時代
雲時代 風雲時代 風雲時代 風雲時代 風雲時代 風雲時代 風雲時代 風
風雲時代 風雲時代 風雲時代 風雲時代 風雲時代 風雲時代 風雲時代
雲時代 風雲時代 風雲時代 風雲時代 風雲時代 風雲時代 風雲時代 風
風雲時代 風雲時代 風雲時代 風雲時代 風雲時代 風雲時代 風雲時代
雲時代 風雲時代 風雲時代 風雲時代 風雲時代 風雲時代 風雲時代 風
風雲時代 風雲時代 風雲時代 風雲時代 風雲時代 風雲時代 風雲時代
雲時代 風雲時代 風雲時代 風雲時代 風雲時代 風雲時代 風雲時代 風
風雲時代 風雲時代 風雲時代 風雲時代 風雲時代 風雲時代 風雲時代
雲時代 風雲時代 風雲時代 風雲時代 風雲時代 風雲時代 風雲時代 風
風雲時代 風雲時代 風雲時代 風雲時代 風雲時代 風雲時代 風雲時代
雲時代 風雲時代 風雲時代 風雲時代 風雲時代 風雲時代 風雲時代 風
風雲時代 風雲時代 風雲時代 風雲時代 風雲時代 風雲時代 風雲時代
雲時代 風雲時代 風雲時代 風雲時代 風雲時代 風雲時代 風雲時代 風
風雲時代 風雲時代 風雲時代 風雲時代 風雲時代 風雲時代 風雲時代
雲時代 風雲時代 風雲時代 風雲時代 風雲時代 風雲時代 風雲時代 風
風雲時代 風雲時代 風雲時代 風雲時代 風雲時代 風雲時代 風雲時代
雲時代 風雲時代 風雲時代 風雲時代 風雲時代 風雲時代 風雲時代 風
風雲時代 風雲時代 風雲時代 風雲時代 風雲時代 風雲時代 風雲時代
雲時代 風雲時代 風雲時代 風雲時代 風雲時代 風雲時代 風雲時代 風
風雲時代 風雲時代 風雲時代 風雲時代 風雲時代 風雲時代 風雲時代
雲時代 風雲時代 風雲時代 風雲時代 風雲時代 風雲時代 風雲時代 風
風雲時代 風雲時代 風雲時代 風雲時代 風雲時代 風雲時代 風雲時代
雲時代 風雲時代 風雲時代 風雲時代 風雲時代 風雲時代 風雲時代 風
風雲時代 風雲時代 風雲時代 風雲時代 風雲時代 風雲時代 風雲時代
雲時代 風雲時代 風雲時代 風雲時代 風雲時代 風雲時代 風雲時代 風
風雲時代 風雲時代 風雲時代 風雲時代 風雲時代 風雲時代 風雲時代
雲時代 風雲時代 風雲時代 風雲時代 風雲時代 風雲時代 風雲時代 風
風雲時代 風雲時代 風雲時代 風雲時代 風雲時代 風雲時代 風雲時代